MARION KNATHS

Vom Krebs gebissen

Buch

Genau zehn Jahre nach ihrer Krebserkrankung, dem laut Rückfallstatistik gefährlichsten Jahr, kündigt Marion Knaths ihren hoch dotierten Job, gibt Einfluss und Verantwortung ab und schreibt dieses Buch. Entstanden ist der eindrucksvolle Bericht eines Überlebenskampfes. Mit zuweilen komischer Respektlosigkeit schildert sie ihre Erfahrungen – mit guten und weniger guten Ärzten, den Raffinessen des Gesundheitssystems, verschiedenen Formen der Angst, körperlichen Veränderungen und wissbegierigen Kindern. Dieses Buch erzählt nicht nur vom Triumph über eine tödliche Krankheit, es gibt auch Angehörigen und Freunden eine Orientierung, wie man mit Schwerstkranken leben und ihnen helfen kann, selbst wenn jede Hoffnung bereits verloren scheint.

Autorin

Marion Knaths, geboren 1968 in Wolfenbüttel, absolvierte ein Studium an der Wirtschaftsakademie Hamburg, bevor sie ihre berufliche Laufbahn beim Otto Versand begann. Sie war 25 Jahre alt, als sie sich mit der Diagnose »Morbus Hodgkin – Lymphdrüsenkrebs – in weit fortgeschrittenem Stadium« konfrontiert sah. Trotz pessimistischer Prognosen nahm sie den Kampf gegen die tödliche Krankheit auf. Zehn Jahre nach der letzten Chemotherapie hat sie aufgeschrieben, wie es ihr gelang, in einer ausweglos scheinenden Situation handlungsfähig zu bleiben. Im Jahr 2004 machte die erfolgreiche Geschäftsfrau sich als Unternehmensberaterin selbstständig. Ihr Unternehmen »sheboss« bietet Führungsseminare für Frauen sowie Coachings an. Marion Knaths lebt und arbeitet in Hamburg.

Marion Knaths

Vom Krebs gebissen

GOLDMANN

Die Namen in diesem Buch
wurden zum Schutz der Persönlichkeitsrechte geändert.

FSC
Mix
Produktgruppe aus vorbildlich bewirtschafteten Wäldern und anderen kontrollierten Herkünften

Zert.-Nr. SGS-COC-1940
www.fsc.org

Verlagsgruppe Random House FSC-DEU-0100
Das FSC-zertifizierte Papier *München Super* für Taschenbücher aus dem Goldmann Verlag liefert Mochenwangen Papier

1. Auflage
Taschenbuchausgabe Juli 2007
Wilhelm Goldmann Verlag, München,
in der Verlagsgruppe Random House GmbH

Umschlaggestaltung: Design Team München
Umschlagfoto: Birgit Utech/ Getty Images
KF · Herstellung: Str.
Druck und Bindung:GGP Media GmbH, Pößneck
Printed in Germany
ISBN: 978-3-442-15445-6

www.goldmann-verlag.de

Inhalt

Vorwort

Heute vor zehn Jahren hatte ich meine erste Chemotherapie. Ich bin keine Schriftstellerin. Aber nach Abschluss meiner Therapie wusste ich, dass ich zum ersten Mal etwas erlebt hatte, das ich mitteilen möchte. Nicht deshalb, weil es so besonders schrecklich war. Sondern weil ich erlebt habe, dass wir auch in schrecklichen Situationen selbst handeln und gestalten können. Auch wenn die Handlungsmöglichkeiten manchmal brutal begrenzt sind. Und weil ich erfahren und in vielen Gesprächen schmerzhaft zur Kenntnis genommen habe, wie viel Sprach- und Handlungsunfähigkeit es in Extremsituationen unter Menschen geben kann.

Ich werde über meine Erfahrungen mit einer tödlichen Krankheit in der Intensivmedizin berichten. Die Erlebnisse, die ich beschreibe, sind einzigartig. Meine. Aber die Themen, um die es geht, betreffen viele, die ähnliche Erkrankungen haben, sowie deren Angehörige oder die Menschen, die mit Patienten wie mir zu tun haben.

Ich möchte deshalb keine chronologische Geschichte erzählen, sondern eben jene Themen herausgreifen, die mit meiner Krebserkrankung zusammenhängen und anhand derer ich viel gelernt habe –

über mich, über Menschen und über die Intensivmedizin.

Ich brauchte Abstand, um über diese Erfahrungen berichten zu können. Aber wenn Sie am Ende das Buch zuschlagen, sollten Sie eines wissen: Die letzten sieben Jahre waren die schönsten meines bisherigen Lebens. Und wenn man mich morgen mit einem Rezidiv, einem Rückfall, ins Krankenhaus einliefern würde, wüsste ich, dass sich mein damaliger Kampf für diese Jahre gelohnt hat. Auch wenn ich mir das drei Jahre lang kaum vorstellen konnte.

Der Affe, die Maus und der Sozialstaat

Sie sind fünfzig Meter von mir entfernt: Affen, Mäuse, Ratten, Kaninchen. Ihre Augen starren mich stumpf und eindringlich durch Gitterstäbe hindurch an. Sie warten darauf, ob ich den Knopf unter meinen Händen drücke, der für sie Folter und Tod und für mich das Leben bedeutet. Drücke ich nicht, öffnen sich die Käfigtüren, und kein Tier muss die Qualen der Versuchsmedizin erleiden – und ich sterbe.

Bevor ich mich endgültig für die Therapie entschied, beschäftigte mich dieses Bild. Welches Recht hatte ich, mein Leben über das dieser Tiere zu stellen? Keins. Und für mich lief es auf genau diese Frage hinaus: Wenn ich Ja zur Intensivmedizin sagte, dann sagte ich mit Sicherheit Ja zu dem qualvollen Tod vieler Tiere. Zumindest in meiner Vorstellung. Das Schlimmste an diesem Bild war, dass es mir nicht wirklich darum ging, durch meinen Verzicht auf die Intensivmedizin ein politisches Zeichen zu setzen. Ich wollte einfach nicht für den Tod dieser Tiere verantwortlich sein. Ich fühlte mich verlogen.

Eine Kollegin baute mir die Brücke, über die ich schließlich dankbar ging. »All die Tiere, die du ständig vor dir siehst, sind doch bereits gestorben. Indem du jetzt ebenfalls stirbst, wird nicht eins dieser Tiere wieder lebendig. Aber wenn du überlebst, dann hatte ihr Tod einen Sinn. – Zumindest für mich.« Pause. »Und wenn es dir hilft«, sprach sie weiter in mein Schweigen hinein, »ich würde den Knopf für dich drücken.« Ich weinte.

Auch wenn ihre Argumente einen dicken Pferdefuß hatten, so half sie mir doch einen entscheidenden Schritt weiter. Ich hatte mich bereits über alternative Behandlungsmethoden informiert und entschieden, dass sie für mich nicht in Frage kamen. Jetzt hielt ich mich an das Argument, dass die Versuchstiere schon nicht mehr lebten, und verbannte erleichtert das Bild aus meinen Gedanken; und ließ mich ohne weiteres Wenn und Aber und mit allen Konsequenzen auf die Intensivmedizin ein.

Allerdings habe ich mich oft gefragt, was denn eigentlich gewesen wäre, wenn ich gestorben wäre. Wenn es diese ganze Medizin mit ihren Maschinen und hochwirksamen Medikamenten nicht gäbe. – Die Welt hätte mein Ableben wohl kaum bemerkt. Einige Menschen hätten mich mit Sicherheit schmerzlich vermisst; hätten vielleicht noch Jahre um mich getrauert und an mich gedacht. Aber rechtfertigt das die Qual von Millionen Wirbeltieren, die in den so genannten sinnvollen Versuchen für medizinische Zwecke leiden und sterben? Und wenn diese Versuche einen so genannten »Sinn« haben, was bedeutet es für mich, wenn ich überlebe? Welchen Sinn soll es denn haben, dass ich weiter existiere? Muss ich meiner Existenz anschließend einen besonderen Sinn verleihen, oder besteht dieser Sinn in meinem Sein an sich?

Einer meiner Mitarbeiter hatte Jahre später eine ganz klare Meinung zu diesem Thema. Er war auf dem Weg zur Firma an Tierschützer geraten, die ihm eine Diskussion aufgedrängt hatten. Und er war für die Forschung an Tieren eingetreten und hatte nicht »gegen die Krebsmaus« unterzeichnet, da auch er Dank der an Tieren erprobten Medizin seinen Krebs überlebt hatte. Und sein Sinn bestand schlicht darin, dass er Vater war. Vielleicht war er der Ehrlichere von uns beiden. Ich würde mich noch immer gegen Tierversuche aussprechen, verdanke diesen aber mein Leben.

Als ich mich für die Behandlung entschieden hatte, dachte ich auch darüber nach, warum die Gemeinschaft mir einfach so half. Niemand fragte nach meiner politischen oder moralischen Gesinnung, meiner Leistungsfähigkeit, was ich im Falle meines Überlebens aus meinem Leben machen wollte. Ich war krank, und ohne zu zögern und ohne jede Anforderung an mich war diese Gesellschaft bereit, mir zu helfen, bereit, eine Million Mark für mein Überleben zu bezahlen – ohne zu wissen, ob ich danach auf die Straße gehe und Steine schmeiße, ob ich Großmüttern Handtaschen klaue, kleine Kinder quäle, andere um Millionen betrüge oder durch mein Leben und Wirken die Gemeinschaft bereichere. Das fand ich erstaunlich. Beeindruckend! Die wahre Größe und die eigentliche Bedeutung der Begriffe »soziale Gemeinschaft« oder »Sozialstaat« wurden mir erst in diesem Moment richtig klar.

Sollten Sie 1994 Beiträge in die Krankenversicherung eingezahlt haben, dann danke ich Ihnen, dass Sie mein Überleben finanziert haben.

Marion Knaths – die Eine-Million-D-Mark-Frau.

Die Glatze

Als ich krank wurde, hatte ich zum ersten Mal in meinem Leben lange Haare. Über zwei Jahre hatte ich sie konsequent wachsen lassen. Mit vierzehn musste es unbedingt eine Dauerwelle sein, und jetzt mussten es eben lange Haare sein. Nicht, dass ich damit gut ausgesehen hätte, im Gegenteil. Da ich von meinem Vater Geheimratsecken geerbt habe, trug ich zu den langen Haaren einen Pony. Meistens band ich die Haare zu einem Zopf zusammen und sah eher langweilig aus. Aber obgleich die Frisur unvorteilhaft war, erfuhr ich die Zauberwirkung langer Haare. Sie locken Männer wie das Licht die Motten. Für mich eine völlig neue Erfahrung: Mit offenem, duftendem langem Haar stand ich an keiner Bar länger als zwei Minuten, bis mich der erste Mann ansprach. Dieses Phänomen hatte ich bis dahin nur bei meinen Freundinnen beobachtet.

Als klar war, dass das Gift bald zuschlagen und seinen Tribut in Form meiner Haare fordern würde, ging ich zu der Friseurin, die mit unzähligen Übergangsfrisuren meine langen Haare mit gezüchtet hatte, Frau Weiss. Von ihr ließ ich mir eine halblange Frisur schneiden, um mich langsam an den Haarausfall heranzutasten. Als meine neue Frisur fertig war, saß ich in einem Berg von abgeschnittenen Haaren. Auf dem Boden wirken Haare irgendwie nach mehr als auf dem Kopf.

Dass es begann, war am besten am Kopfkissen und der Haarbürste abzulesen. Ich legte mich abends auf weiße Baumwolle und erwachte morgens auf Fell. Zudem begann sich eine Lücke zu bilden, wenn ich mir einen Scheitel zog. Also ging ich erneut zum Friseur. Diesmal einfach um die Ecke, denn wozu sollte ich noch viel Geld ausgeben. Ich setzte mich und bat, meine Haare bis auf wenige Zentimeter kurz zu schneiden. Die Friseurin weigerte sich anfangs, meiner Bitte nachzukommen, aber als ich sie darüber aufklärte, dass die von mir gewünschte Frisur maximal eine Woche überleben würde, schnitt sie beherzt zu.

Jetzt sah ich aus wie das lebendig gewordene Vorurteil gegenüber Fußball spielenden Frauen. Kurzhaarschnitte waren offensichtlich nicht die Stärke dieses Friseursalons. Mein Fransenschnitt war jedoch nicht von langer Dauer. Jeden Morgen musste ich einen Ballen Haar aus meiner Bürste entfernen, und inzwischen konnte ich mir ganze Büschel einfach mit den Händen aus dem Kopf ziehen, ohne dass es schmerzte.

Und dann kam der Tag, an dem eindeutig nichts mehr ging und es nur noch eine Lösung gab: meine restlichen Haare abzurasieren, ehe ich wie eine Vogelscheuche aussah.

Wir beschlossen, diesen entscheidenden Schritt zu zelebrieren: Alexandra öffnete eine Flasche Wein. Leicht angeheitert gingen wir ins Bad, um die Wandlung vom behaarten Menschen zum Glatzkopf zu vollziehen. Alexandra begann auf der linken Seite und rasierte Zentimeter um Zentimeter. Als sie genau die Mitte meines Kopfes erreicht hatte, wollte ich mich im Spiegel ansehen. Ich stand auf – und erblickte zeitgleich mich und eine Fremde. In der Kombination ein Monster. Vor Schreck habe ich mich gleich wieder hingesetzt.

Nach einem weiteren Glas Wein fuhr Alexandra fort mit der Rasur, und ich schaute nicht mehr in den Spiegel, bis das Werk vollbracht war. Ich war nervös, als ich aufstand, um zum ersten Mal im Leben meinen nackten Hinterkopf zu sehen. Ich hatte Angst, die Haut könnte voller Flechten sein oder die Form verbeult. Aber: Es sah gut aus! Mein nackter Hinterkopf war makellos. Und da ich zu diesem Zeitpunkt noch Wimpern und Augenbrauen hatte, gefiel mir mein neuer Look überraschend gut.

Eine Enttäuschung war das Duschen: Mit dem nackten Kopf unter dem Wasserstrahl zu stehen hatte ich mir sinnlich und prickelnd vorgestellt. Aber es war ein ziemlich dumpfes, klatschendes Gefühl. Mit langen Haaren zu duschen ist viel schöner, weil die schweren Haare sanft an den Hautporen ziehen. Ohne Haare schlägt das Wasser einfach auf.

Dafür lernte ich mit meiner »Frisur« völlig neue Menschen kennen. Da ich am Anfang noch nicht krank, sondern einfach ungewöhnlich aussah, sprachen mich wildfremde, ebenfalls schräg aussehende Menschen auf der Straße an, die mich vorher keines Blickes gewürdigt hätten. Und weil ich niemanden über den Hintergrund meines Aussehens aufklärte, konnte ich für kurze Zeit mein neues cooles Selbst genießen. Allerdings ließ ich nicht zu, dass sich daraus ernsthafte Kontakte entwickelten. Denn dann hätte ich die Wahrheit sagen müssen, und der Spaß wäre vorbei gewesen.

Der Spaß hörte in dem Moment auf, als sich auch die Wimpern und Augenbrauen verabschiedeten (zeitgleich mit den Schamhaaren – aber das hat keine so öffentliche Wirkung). Von diesem Moment an sieht man wirklich wie ein kranker Frosch aus. Jetzt sprachen mich nur noch Menschen an, denen es offensichtlich ebenfalls dreckig ging. Menschen, denen es gut ging, fanden es jetzt schwieriger, meinem Blick standzuhalten. Echten Stress hatten die meisten Mütter, deren Kinder mit dem Finger auf mich zeigten und laut riefen: »Guck mal! Die sieht aber komisch aus!« Die Mütter waren meist peinlich berührt, lächelten kurz entschuldigend und zerrten ihre Sprösslinge weg. Nur wenige konnten mir offen ins Gesicht sehen und ihren Kindern erklären, dass ich vermutlich krank sei.

Es gab Tage, da hätte ich diese kleinen Monster am liebsten mit einem Baseballschläger erschlagen. Den Song von Herbert Grönemeyer *Kinder an die Macht* habe ich schon immer für Volksverdummung gehalten. Einmal musste ich dann allerdings doch lachen. Als mal wieder ein kleines Monster auf mich zeigte und schrie: »Wie sieht die denn aus?!«, erklärte ihm ein etwas älterer Junge: »Die wurde vom Krebs gebissen.«

So schnell kann eine Tierart in Verruf geraten.

Der Flaum

Es dauert unterschiedlich lange, bis nach dem Ende einer Behandlung gegen schnell wachsende Zellen die Haare zurückkommen. Nach meinen ersten fünf starken Chemotherapien musste ich nur drei Wochen warten; nach meiner Knochenmarktransplantation dauerte es eine Ewigkeit. Zehn lange Wochen, während derer ich schon Angst bekam, ich müsste für den Rest meines Lebens mit Glatze herumlaufen.

Interessant aber ist, was dann zu wachsen beginnt: Flaum. Kuschelig weicher, samtener Flaum, der eine geradezu magische Anziehungskraft auf die eigenen Hände und die aller anderen ausübt. Jeder wollte mal anfassen, mein Haar streicheln und sich streicheln lassen. Selbst fremde Menschen berührten wie unter Zwang meine Haare. Ich wurde regelrecht kopfscheu! Besonders auf Treppen und Rolltreppen konnte ich sicher sein, dass mir jemand ungefragt von oben auf den Kopf fasste.

Aber auch ich genoss es, mir alle zwei Minuten mit der Hand über den Kopf zu fahren. Diese Angewohnheit hat sich später gelegt, als mein Haar wieder seine gewohnte harte Struktur annahm. Aber damals war es sensationell. Jeder Strich durchs Haar war eine Liebkosung der Hand und des Kopfes zugleich. Trotzdem irritierte mich das zwanghafte Verlangen der anderen, mich berühren zu müssen. Bis ich es Jahre später einmal selbst umgekehrt erlebte.

In einem Nachtclub stand auf einer Treppe unter mir ein Mann, der Flaum auf dem Kopf hatte; dem offensichtlich ebenfalls neues Haar nach einer Chemo gewachsen war. Und es ging mir genau wie allen anderen zuvor bei mir: Ich wollte, ich musste ihn anfassen! Nur, dass ich aufgrund meiner eigenen Erfahrungen nicht einfach die Hand ausstreckte, sondern den Mann ansprach und um seine Einwilligung bat. Er schaute genau so, wie ich es mir vorgestellt hatte: Erstaunt, weil sich jemand die Mühe machte, ihn zu fragen. Er gab mir lächelnd sein Einverständnis, und ich griff in meine Vergangenheit. In diesem Moment verstand ich all jene, die mich unbedingt hatten berühren müssen. Aber ich werde nie verstehen, wieso niemand auf die Idee gekommen ist, mich vorher zu fragen.

Aus dem Flaum wurden anschließend Locken. Ich war verliebt in meine neuen Haare. Meine Friseurin holte mich allerdings schnell wieder auf den Boden der Tatsachen zurück. Sie erzählte mir, dass Locken nach einer Chemotherapie mit Haarverlust normal sind. Und dass sie verloren gehen wie bei einem Baby, und sich das alte Haar wieder herausbildet.

Damals hoffte ich sehr, dass Frau Weiss sich irrt. Aber – Profis haben meistens Recht. Und so habe ich jetzt wieder stahlglattes Rosshaar und hole dann und wann die wenigen alten Fotos hervor, die mich mit Locken zeigen.

Die verschiedenen Formen der Angst

»Es ist Krebs. Es handelt sich um Morbus Hodgkin in einem weit fortgeschrittenen Stadium. Es wird ein hartes Jahr für Sie werden. Aber es lohnt sich zu kämpfen.«

»Wie viel Prozent Überlebenschance habe ich?«

»Aus heutiger Sicht fünfzig Prozent.«

Ich schaute die Ärztin an und spürte keine Angst. Nur zwei Gedanken schossen mir durch den Kopf. Erstens: Ich sitze in der Scheiße. Zweitens: Ich will, ich werde überleben. Und diesem Ziel werde ich alles, aber auch wirklich alles unterordnen.

Und so verrückt, wie es auch klingen mag: Der zweite Gedanke war fast so etwas wie eine Erlösung. Erstmalig gab es nur eine einzige Aufgabe in meinem Leben. Nichts anderes, an das ich zu denken, das ich zu erfüllen hatte. Einfach nur zu überleben! Wie beschissen diese Aufgabe war, sollte ich noch herausfinden. Aber für einen Augenblick war ich tatsächlich so etwas wie dankbar.

Ich rief sofort in der Firma an und informierte darüber, dass man bis auf weiteres nicht mit mir zu rechnen brauchte. Nach einer kurzen Diskussion mit Ärzten und Eltern hatte ich den Entschluss gefasst, meine Position auf gar keinen Fall dadurch zu gefährden, dass ich nur begrenzt leistungsfähig hin und wieder zur Arbeit erschien. Nicht mit meinem Ehrgeiz in diesem Raubtiermetier! Andere entscheiden anders. Ich entschied so und habe es nie bereut.

Natürlich bekam ich dann doch Angst. Aber sie war und blieb zu Beginn abstrakt.

Ich saß heulend zu herzzerreißender Musik in der Dunkelheit meines Wohnzimmers und stellte mir vor, wie meine über neunzigjährige Oma mir auf meiner Beerdigung das letzte Geleit gibt.

Ich saß nachts mit meiner Freundin im Auto und beschwerte mich bitterlich, dass mein alter Deutschlehrer mich betrogen habe, als er sagte: »Denken Sie daran – Sie haben immer die Wahl. Egal, was Sie tun: Es ist Ihre Entscheidung.« Ich saß im Wald in diesem Auto und schrie: »Aber er hat uns nicht gesagt, dass das auch beinhaltet, manchmal nur zwischen megabeschissen und Tod entscheiden zu können. Was ist denn das für eine Wahl? Damals klang es so nach richtig oder falsch, gut oder schlecht. Kein Mensch hat mir jemals gesagt, dass sich entscheiden zu können etwas so Armseliges bedeuten kann, dass es auf einmal so gar nichts Positives haben kann.«

Und doch war diese Angst abstrakt. Es gab sie nur in meinem Kopf. Zu sterben war nichts weiter als eine Idee, der die Romantik abhanden gekommen war.

Das änderte sich mit der Knochenmarktransplantation. Der entscheidende Unterschied war, dass mein Körper Angst bekam. Ich kann es nicht besser beschreiben. Mein Körper begriff auf einmal, dass er es vielleicht nicht schafft; oder sendete zumindest diese Signale an mein Großhirn. Psychologen bezeichnen dies als »Todesangst«. Diese Angst ist eine völlig andere Erfahrung als die theoretische Information: Mit fünfzigprozentiger Wahrscheinlichkeit sind Sie in einem Jahr tot. Letzteres ist abstrakt, zum Heulen geeignet, das andere ist real. Zum Schreien, zum Zucken, zum Erstarren, zur Panik – zu allem geeignet, aber nicht zu kontrollieren, solange man nicht begreift, was eigentlich im Körper passiert. Es sind Welten, die zwischen diesen beiden Erfahrungen liegen. Und was mich sehr erstaunt hat: Es gibt Krebspsychologen, die auf Kranke losgelassen werden und darüber nichts wissen.

Ich habe diese Erfahrung während meiner Kur gemacht: Auf Drängen der Kurpsychologen nahm ich einmal (und nie wieder) an einer Gruppenstunde teil. Das Thema war Angst vor dem Sterben. Und da saßen diese zwölf Krebskranken, und zwei Fraktionen brüllten sich irgendwann regelrecht an. Warum? Weil sie sich nicht verstehen konnten. Und weil diese jungen, unerfahrenen Psychologen das Naheliegende nicht sahen. Die eine Fraktion hatte Krebs im Anfangsstadium gehabt, hatte eine erfolgreiche Therapie durchlebt und saß jetzt mit genau dieser Erfahrung in der Reha. Abstrakte Angst. Die andere Fraktion hatte entweder nach einer Behandlung Rezidive (Rückfälle) erlitten oder schlimme Formen von Krebs mit Horrorgeschichten hinter sich. Todesangst. Ich fand es unglaublich, dass keiner der bezahlten Psychologen die beiden Gruppen auf den wesentlichen Unterschied aufmerksam machte. Ich tat es. Die Psychologen begrüßten meinen entscheidenden Wortbeitrag, und ich entschied, nie wieder an Gruppendiskussionen teilzunehmen.

Todesangst ist brutal. Sie raubt dem Menschen seine wichtigste Basis: das Gefühl der »Unsterblichkeit«. Wenn Sie noch keine Todesangst hatten, wissen Sie nicht, wovon ich rede. Auch ich bin jetzt wieder unter den Unsterblichen. Was nicht heißt, dass mir nicht klar ist, dass ich morgen sterben kann. Mir kann ein Ziegel auf den Kopf fallen, die Bank, in die ich gehe, wird ausgeraubt und ich erschossen; oder ich fahre mit meinem Auto gegen einen Baum. Aber das ist abstrakt. Ein herrlicher Zustand der Gewissheit, dass ich eigentlich unsterblich bin. Es dauerte einige Jahre, um dieses Gefühl wieder zu erlangen.

Nach der KMT (Knochenmarktransplantation) war ich sterblich. Das war das schlimmste Gefühl, das ich je erlebt habe. Es nimmt einem jede Gewissheit, jedes Vertrauen. Das Gute daran ist, dass es mit jedem Tag, den man überlebt, weniger wird und die Gedanken immer weniger bestimmt. Der alte Glaube an die Unsterblichkeit kehrt zwar nie in seiner Jungfräulichkeit zurück, aber die Angst wird Stück für Stück aus dem Bewusstsein verdrängt. Es ist, als ob jeder Tag, den ich inzwischen überlebt habe, mein Gefühl, unsterblich zu sein, wieder aufgefüllt hat.

Es dauerte ungefähr drei Jahre, bis zu leben sich wieder normal anfühlte. Allerdings verschwindet die einmal gemachte Erfahrung der Sterblichkeit nicht. Sie bleibt in jeder Körperzelle gespeichert und kann beim kleinsten Anlass mit einem Schlag wieder ins Bewusstsein gelangen.

Freier Fall

Ich war fünfundzwanzig Jahre jung, dynamisch, gerade frisch befördert, freute mich auf meine erweiterte Aufgabe und wusste: Dies wird mein Jahr. Beruflicher Erfolg, neue Liebe, neue Wohnung. So stellte ich es mir zu Silvester vor. Es wurde mein Jahr, aber eben ganz anders als geplant. »Planung ersetzt den Zufall durch Irrtum« – diesen Satz hatte ich schon früher häufiger auf Folie für Vorträge aufgelegt. Nie zuvor hatte ich mich bezüglich meiner eigenen Zukunft so grundlegend geirrt.

Am 24. Januar erhielt ich einen Anruf der Sprechstundenhilfe meines Arztes mit der Bitte, noch am selben Tag in die Praxis zu kommen. Als ich antwortete, ich hätte keine Zeit, ob es nicht auch später ginge, verband sie mich mit meinem Arzt, der die Bitte mit der Begründung auffälliger Blutwerte noch einmal wiederholte.

Achselzuckend machte ich mich nachmittags auf den Weg in die Praxis. Der Arzt erklärte mir, dass ich offenbar eine Entzündung im Körper hätte und schickte mich zum Röntgen. Auf der Überweisung fügte er den Nebenhöhlen in letzter Sekunde noch die Lunge hinzu. Also trabte ich von meinem Hausarzt, der zu diesem Zeitpunkt schon vier Monate an meiner Dauererkältung herumgedoktert hatte, zum Röntgenarzt.

Dass etwas nicht in Ordnung war, dämmerte mir, als der Arzt schon kurz nach dem Röntgen meine Umkleidekabine betrat, meine Hand nahm, mir in die Augen schaute und mit betont sanfter Stimme fragte: »Wie geht es Ihnen?«

»Nicht super fit, aber gut«, antwortete ich. Ich hatte mich schon länger daran gewöhnt, dass mein Körper meinem Geist irgendwie immer etwas hinterherhinkte. Der Arzt streichelte meine Hand und sagte: »Bitte gehen Sie sofort zu Ihrem Hausarzt zurück. Ich habe ihn darüber informiert, dass Sie noch kommen.«

Jetzt war ich sicher, dass etwas faul war. Mein Hausarzt war alles andere als arbeitswütig, und die Sprechzeit war bereits vorbei. Wenn er jetzt extra länger blieb, musste es ernst sein. Und da man meine Lunge geröntgt hatte, schwante mir, dass es mit dem Rauchen vielleicht gleich vorbei sein würde. Die Strecke zwischen dem Röntgen und meinem Hausarzt betrug etwa dreihundert Meter. Ich schaffte es, drei Zigaretten zu rauchen, ehe mir der Arzt öffnete. Er zeigte mir die Bilder meiner Lunge, die vor allem eins aufwiesen: riesige Schatten. Ich hätte eine Lungenentzündung und müsse sofort ins Bett, erklärte er mir.

Das erschien mir seltsam, da ich mich zwar etwas matt fühlte, aber kein Fieber hatte und schon gar kein Bedürfnis, mich ins Bett zu legen. Ich hätte eine atypische Form der Lungenentzündung – sprach mein Hausarzt und schrieb mich vierzehn Tage krank.

Nicht nur wegen dieser Erfahrung (ich hatte später noch weitere dieser Art, die für mich aber nicht lebensgefährlich waren) halte ich viele Hausärzte für gemeingefährlich. Es sei denn, man weiß mit hundertprozentiger Sicherheit, welche Pille oder welches Pflaster man benötigt. Hausarztpflicht ist mein persönliches Horrorszenario. Meine Gynäkologin brachte es auf den Punkt: »Wer wird denn Hausarzt? Derjenige, der keine Lust hatte, sich weiterzubilden.« Die Hausärzte, die ihren Job mit Leidenschaft und guten Ergebnissen ausüben, bitte ich für mein Pauschalisieren um Verzeihung. Aber ich bin ihnen noch nicht begegnet.

Damals ging ich also nach Hause, schluckte Antibiotika, rauchte und wunderte mich.

Nach vierzehn Tagen war die Lunge immer noch schwarz, und mein Hausarzt überwies mich zu einem Lungenfacharzt. Dieser verschrieb mir neue Antibiotika und bronchoskopierte mich zweimal. In der Zwischenzeit hatte ich starke Rückenschmerzen bekommen. Ich konnte weder liegen noch sitzen. Einzig im Stehen ließen sich die Schmerzen ertragen. Da ich im Stehen nicht schlafen kann, ging ich wieder zum Hausarzt und erhielt Paracetamol, weil die Lungenentzündung angeblich ausstrahlte. Wochen später sollte die erste gute Nachricht nach einer nicht enden wollenden Folge von Horrormeldungen sein, dass der Tumor in meiner Wirbelsäule mir noch nicht das Rückgrat gebrochen hatte.

Vielleicht sollte ich kurz erklären, was eine Bronchoskopie ist: Unter örtlicher Betäubung oder Vollnarkose schiebt der Arzt ein Rohr durch den Schlund in die Lunge und kann dort schauen und Gewebe entnehmen. Es ist unangenehm. Obwohl ich insgesamt viermal bronchoskopiert wurde, brachte es nichts. Und obwohl es viermal nichts brachte, wusste am Ende jeder, mich eingeschlossen, dass meine Lunge mit Krebs befallen war.

Aber zurück: Der Lungenfacharzt gab also vier Wochen lang sein Bestes – und die Lunge blieb schwarz. Er bat mich zum Gespräch und eröffnete mir, dass er mich in eine Lungenfachklinik einweisen wolle. Das war der Moment, da ich zum ersten Mal nicht sprechen konnte und mir die Tränen liefen, weil ich schlagartig wusste, dass mir nichts Gutes bevorstand. Die Spanier haben angeblich das Sprichwort: »Lieber Gott, lass uns nicht erleiden, was zu ertragen wir in der Lage sind.« Gedanken dieser Art, wenn auch ohne Gott, spürte ich in mir.

»In welche Klinik würden Sie an meiner Stelle gehen?«, fragte ich, als ich mich wieder unter Kontrolle hatte. Diese Frage habe ich häufiger gestellt, da Ärzte bekanntlich keine Empfehlungen aussprechen dürfen. Der Arzt nannte mir zwei Namen, und ich entschied mich für die Klinik, die gleichermaßen nah an meinen Freunden und meiner Familie lag.

Nach einer Woche in der Lungenfachklinik stand die Diagnose fest: Morbus Hodgkin. Mindestens Stadium 3b. Verlegung in eine Spezialklinik. Mein Lymphsystem hatte Krebs und diesen bereits großzügig im Körper verbreitet. Um zu diesem Ergebnis zu gelangen, hatte man mir unter örtlicher Betäubung einen Lymphknoten am Hals entfernt. Und dabei versehentlich einen Nerv durchtrennt. Als Ergebnis war meine linke Schulter jetzt taub. »Ups! Das war der Nerv«, war der einzige Kommentar des operierenden Arztes gewesen.

Nun stellte ich der Stationsärztin der Lungenfachklinik meine Frage: »In welche Klinik würden Sie an meiner Stelle gehen?« Und wieder folgte ich der Antwort und zog drei Tage später in der Hämatologie der genannten Krebsklinik ein.

Eine Bekannte besuchte mich. Als sie mein Zimmer betrat, war ihr erster Kommentar: »Mein Gott! Da draußen sind ja nur Schwerkranke an Schläuchen und ohne Haare! Was machst du auf dieser Station? Du passt hier doch gar nicht hin!«

»Na dann warte mal zwei Wochen ab. Dann passe ich bestimmt hierher ...« Erst nachdem sie ein paar Sekunden stumm in meine Augen geschaut hatte, begann ihr offensichtlich zu dämmern, wen sie da eigentlich besuchte.

Ich wurde durch diverse Apparate und Menschen untersucht, und es wurde immer schlimmer: Tumore im Hals, in der Lunge, ein fünf Zentimeter großer Tumor in meiner Wirbelsäule, vermutlich ein Tumor in meinem Oberschenkel – alles voller Tumore. Stadium 4b lautete die Diagnose. Mehr gibt es auf der Skala nicht. 4b drückt den Befall von Organen, die nicht zum Lymphsystem gehören, aus. Aber dass meine Wirbelsäule die Behandlung voraussichtlich unbeschadet überstehen würde, war die gute Nachricht. Darauf tranken Alexandra und ich erst einmal einen Whisky, als sie mich aus der Krebsklinik abholte.

Wie bitte?

»Ich soll was? Alle vierzehn Tage zum Arzt gehen, um mich krankschreiben zu lassen? Ich habe Krebs im letzten Stadium! Im Falle meines Todes werden Sie doch mit Sicherheit benachrichtigt. Wie wäre es, wenn Sie bis dahin für die nächsten Monate einen Dauerauftrag erteilen, und das Geld wird einfach überwiesen?« – … – »Aha. Um Geld von der Krankenkasse zu erhalten muss ich also allen Ernstes alle vierzehn Tage einen Wisch abstempeln lassen und diesen bei Ihnen vorbeibringen oder Ihnen zusenden? Und dann veranlassen Sie eine Überweisung? Und wie viel kann mein Hausarzt jedes Mal dafür abrechnen?« – … – »Aha. Tolles System. Na dann.«

Der Kampf um die Knochen und das Ei

Die Anfangsdiagnostik wurde von einem Mann durchgeführt, der eigentlich wohl lieber Klempner geworden wäre, den ein erwartungsvolles Elternhaus aber zum Studium der Medizin gezwungen hatte.

Dr. Z betrat mein Zimmer, führte seine erste kurze Untersuchung durch und eröffnete mir an deren Ende: »Über eins müssen Sie sich im Klaren sein. Durch die Behandlung werden Ihre Eierstöcke so in Mitleidenschaft gezogen, dass Sie nie Kinder bekommen können.« Sprach's, wünschte noch einen schönen Tag und verließ den Raum.

Egal, ob ich jemals Kinder bekommen hätte oder nicht, diese Nachricht war ein Schock. Ich hatte noch kein Telefon, und da ich unbedingt mit meiner Freundin reden musste, lief ich runter in die Notaufnahme. Dort stand ich mitten zwischen aufgeschlagenen Gesichtern und Junkies und heulte in den öffentlichen Fernsprecher. Ich redete so lange auf Alexandra ein, bis sie in die Klinik kam. Aber sie blieb sprachlos angesichts meiner Verzweiflung. Zum ersten Mal seit ich sie kannte vermochte mich ihre Gegenwart nicht zu trösten. Die ganze Nacht lag ich wach und überlegte, wie ich die Chance auf ein mögliches zukünftiges Kind bewahren konnte.

Am nächsten Tag hielt Dr. Z eine zweite Überraschung bereit. Da die Bronchoskopien kein Ergebnis gebracht hätten, müsse er mal direkt in meine Lunge schauen.

Was er denn darunter genau verstehe, »mal direkt in meine Lunge zu schauen«, fragte ich.

»Aufschneiden und nachsehen.«

»Und wozu?«

»Weil es wichtig ist, eine saubere Diagnostik zu haben, ehe man mit der Therapie beginnt.«

Ob denn nicht klar sei, dass meine Lunge auch mit Krebs befallen ist? – Eigentlich schon, aber es sei halt medizinisch nicht exakt bewiesen. Ich sagte ihm, dass ich getrost auf den exakten Beweis verzichten könne, dass er den Krebsbefall meiner Lunge für seine Therapie zu Grunde legen solle und dass er an alles käme, aber nicht an meine Lunge. Und schon gar nicht mit dem Ergebnis einer riesigen, hässlichen Narbe zwischen meinen Brüsten. Mal ganz abgesehen von den Schmerzen.

Dr. Z blieb beharrlich und legte nach. Aber nur noch ein Mal. Ich bin mal beim Handball für »Gucken« vom Platz geflogen. Als mein Trainer sich beim Schiedsrichter beschwerte mit dem Hinweis, dass ich doch gar nichts getan hätte, antwortete der Schiedsrichter, er habe sich bedroht gefühlt. Offenbar hatte Dr. Z auf sein weiteres Beharren einer Brustbeinöffnung einen ähnlichen Blick von mir erhalten. Er verließ zügig den Raum, und das Thema wurde nicht wieder angesprochen.

Aber er blieb erfinderisch. Das Szintigramm hatte ergeben, dass sich in meinem linken Oberschenkelknochen ebenfalls Tumore befanden. Bei der Visite hielt Dr. Z den Befund hoch und erläuterte dem andächtig lauschenden Tross von Ärzten und Pflegern, wie wichtig es sei, sich diese Tumore noch einmal genau anzuschauen. Natürlich, indem man mein Bein aufschnitt. Diesmal hatte mein Blick vermutlich eher etwas Verzweifeltes. Ein jüngeres Mitglied des Trosses fing ihn auf und war mutig genug, in gebeugter Haltung und mit leiser Stimme eine Majestätsbeleidigung zu begehen: »Dr. Z, ich denke, die Ergebnisse des Szinti sind ausreichend, um von einem Befall des Knochens ausgehen zu können.«

Für einen Moment dachte ich, Dr. Z würde meinen Retter beißen. Aber dann holte er Luft, sagte scharf: »Wenn Sie meinen« und ging zum Nebenbett.

Der jüngere Arzt und ich schauten uns noch einmal wie heimlich Verbündete an, und ich wollte nichts lieber, als dass dieser Mensch mein Arzt würde.

Zwei Albträume sollten noch folgen, ehe die Diagnostik abgeschlossen war: die erste Knochenmarkpunktion und eine Leberpunktion.

Wenn jemand Knochenmark spendet, dann gewährt man ihm die Gnade der Vollnarkose. Wenn Ärzte aus der Hüfte eines Patienten Knochenmark entnehmen, um es zu befunden, dann gibt es diese Gnade nicht. Als Erstes erhält man eine schmerzhafte Spritze, die angeblich der örtlichen Betäubung dienen soll, und dann wird die Stanze in den Knochen geschraubt. Das Dumme ist, dass Knochenhaut äußerst, ich betone, *äußerst* schmerzempfindlich ist und sich nicht durch diese Spritze betäuben lässt. Wenn die Stanze endlich im Knochen ist, wird das Mark mit Unterdruck durch einen Zylinder herausgezogen. Ich habe noch nie so vor Schmerz geschrien. Hätte ich eine Chance in meiner Lage gehabt, dann hätte ich den ausführenden Arzt kastriert. Anschließend liegt man stundenlang auf einem Sandsack (um Blutergüsse zu vermeiden) und kann darüber nachdenken, ab welchem Grad von Schmerz eigentlich das Gehirn zerspringt. Aber das sollte ich erst später herausfinden.

Zunächst sollte ich noch meine Leber punktieren lassen. Klang harmlos. Ich unterschrieb die obligatorischen Zettel mit all dem, was schief gehen kann, und ging zu dem Raum, in dem der kurze Eingriff stattfinden sollte.

Unter Ultraschall wird eine lange Nadel durch die Seite gestochen und der Leber Gewebe entnommen. So weit so gut. Die Pfleger schoben mich nach dem Eingriff in den Flur, als es begann: stechende Schmerzen in der rechten Schulter und in der Lunge, die mir die Luft zum Atmen nahmen. Panik befiel mich. Ich konnte vor Schmerzen nicht einmal laut auf meinen Zustand aufmerksam machen. Irgendwann kam jemand vorbei und bemerkte mein Elend.

Ich war einer von tausend Fällen, bei dem eine Leberpunktion derartige intensive Schmerzen auslöst. Trotz starker Schmerzmittel konnte ich vierundzwanzig Stunden kaum atmen. Danach war es vorbei. Toll, wie anschaulich man doch etwas über die Verknüpfung der Nervenbahnen im eigenen Körper und deren Entstehung lernen kann! Ein Buch zu dem Thema hätte mir vollkommen gereicht. Dort hätte ich erfahren, dass die Leber während der embryonalen Entwicklung aus dem gleichen Zellhaufen wie die rechte

Schulter hervorgeht. Daher bleiben die beiden lebenslang aufs Innigste verbunden, und die Schulter kann schon mal sauer reagieren, wenn man die Leber sticht.

So erfolgreich ich unterm Strich meine Knochen verteidigt hatte – den Kampf um mein Ei für ein eventuelles zukünftiges Kind verlor ich. Und mit ihm meine Eierstöcke samt Gebärmutter.

In der ersten Runde versuchte ich die Ärzte zu überreden, mir vor Beginn der Therapie ein reifes Ei zu entnehmen, um es einzufrieren. Die Ärzte rieten mir ab, da das Warten auf meinen nächsten Zyklus die Therapie um zwei Wochen verzögert hätte. Zwei Wochen, nach denen aus Sicht der Ärzte vielleicht schon alles zu spät wäre. Mein Leben für ein eventuelles Kind zu diesem Zeitpunkt aufs Spiel zu setzen, erschien mir dann doch übertrieben, und ich verzichtete auf die Eientnahme.

In der zweiten Runde saß ich dem Arzt der Strahlentherapie gegenüber. Es gab eine winzige Möglichkeit, dass ein Eierstock die Knochenmarktransplantation überlebt hatte. Ausgerechnet ein Knochen in Nähe der Eierstöcke sollte jedoch bestrahlt werden. Ich fragte daher, ob es nicht eine Möglichkeit gäbe, mein Kreuzbein so zu bestrahlen, dass der eine Eierstock von den Strahlen verschont bliebe. Der Arzt schaute auf und sagte: »Wenn Sie diese Therapie überleben, dürfen Sie eh nicht schwanger werden. Die Gefahr eines Rezidivs ist viel zu groß. Was soll denn ein Kind mit einer toten Mutter!?« Ich stand auf und verließ kommentarlos den Raum. Was soll eine Patientin mit einem Holzklotz von Arzt!?

Inzwischen wurden meine Eierstöcke samt Gebärmutter komplett entfernt, da das nutzlose Gewebe nur noch wucherte.

Mein letzter Kampf bestand darin, zumindest noch ein Foto von dem Organ zu erhalten, an dem ich doch irgendwie gehangen hatte. Ein aufmerksamer Professor und eine sehr nette Stationsschwester verstanden meinen Wunsch, so dass ich jetzt eine hübsche Farbfotografie von meinen Eierstöcken und meiner Gebärmutter besitze.

Attacke!

»Ja – kommt nur, meine Lieben. Schön der Reihe nach.«

Wie bewaffnete Piranhas fließen die Giftstoffe in meinen Körper hinein.

»Nur nicht drängeln – es ist genug Platz für alle da. Schön vorsichtig an der Wand entlang, immer hübsch durch die Blutbahn.«

Die Piranhas haben vor Angriffswut glänzende Augen und versuchen in ihrer Gier ständig, aneinander vorbeizudrängeln.

»Wirst du das wohl lassen! Die Blutbahnwand ist tabu!«

Einer, der es nicht abwarten konnte, hat einfach in meine Vene gebissen und schaut mich jetzt mit Rehaugen an.

»Und weiter, weiter. Tumor in Sicht! Jetzt dürft ihr! Zeigt, was ihr könnt: Attacke! Macht ihn nieder! Umschalten auf F4: Kampfwumme. Feuer frei! Schackaaaaa! Immer rauf!«

Dutzende stürzen sich auf den Tumor und zücken ein riesiges Arsenal aus ihren Flossen. Während einige bereits mit ihren Zähnen meinen Feind zermetzeln, feuern andere aus der zweiten Reihe mit irrem Blick in die Zellklumpen hinein. Von hinten strömen immer mehr Angreifer herbei, die sich fast zu zerquetschen drohen und laut ihren Unmut darüber äußern, dass sie noch nicht am Blutbad teilhaben können.

»Keine Sorge in den hinteren Reihen. Es ist genug für alle da. Fließt schon mal weiter. Da: neuer Tumor! Angriff! – Hey! Hey!!! Das war eine gute Zelle. Beherrscht euch! Immer hübsch auf die Tumore ... Du Depp! Soll ich dir ein Schild malen, wie eine Tumorzelle aussieht? – Ja! Sehr gut. Sehr gut da drüben. Jungs, nehmt euch ein Beispiel an dieser gelungenen Angriffsformation!«

So oder so ähnlich sah es in meinem Kopf aus, wenn mir wieder ein neuer Beutel mit Gift an den Tropf gehängt wurde. Es half mir, dem Gift ohne Widerwillen zu begegnen, obwohl ich nach den ersten drei Chemos wusste, wie schlecht ich mich danach fühlen würde; und ahnte, dass es jedes Mal schlimmer sein würde als zuvor.

Die Perücke

Sollten Sie der Meinung sein, dass Sie eine Perücke benötigen, dann kümmern Sie sich sofort darum. Bei mir lagen zwischen dem Aussuchen und der fertigen Perücke fünf Wochen. Vor dem Aussuchen stand allerdings der Kampf mit der Krankenkasse.

Das, was die Krankenkasse freiwillig bezahlt, entspricht der Qualität eines Wischmobs. Und wer läuft schon freiwillig mit einem Wischmob auf dem Kopf herum? Ich jedenfalls nicht.

Ich konnte die Krankenkassenmodelle, die mir im Spezialgeschäft präsentiert wurden, noch nicht einmal ernst nehmen. Die Vorstellung war so lachhaft, dass ich nach dem vierten Modell amüsiert zur Verkäuferin sagte: »So, und nun mal ernsthaft. Was haben Sie denn an Haaren zu bieten, mit denen ich später auch rumlaufen kann?«

Wie sich herausstellte nichts, was die Krankenkasse bezahlt hätte. Damit man nicht völlig unmöglich aussieht, muss man eine Echthaarperücke kaufen. Diese kosteten circa tausend Mark. Die Kasse gab freiwillig aber nur zweihundertachtzig Mark. Also ging ich direkten Weges zu der Sachbearbeiterin meiner Krankenkasse und konfrontierte sie mit meinem Schicksal. Und natürlich war es der Frau unangenehm, mir in die Augen sehen und sagen zu müssen, mehr als ein Wischmob für meinen Kopf sei halt nicht drin. So unangenehm, dass mir ihr Abteilungsleiter schließlich einen Zuschuss von achthundertfünfzig Mark bewilligte. Anonymes Elend ist eben doch deutlich leichter zu ertragen. Wehe, es sitzt vor einem und schaut einen direkt an.

Also suchte ich mir eine vernünftige Echthaarperücke aus. Ich wählte ein Modell mit halblangen Haaren, das meiner Frisur zu diesem Zeitpunkt entsprach. Als ich es abholte, bekam ich fast einen Schreikrampf: Mein Gesicht war von zarten Locken umrahmt. Ich wusste genau, dass ich keine Locken bestellt hatte. Und schon gar nicht nur an der Gesichtsumrandung!

Es blieb nur Plan B: Ich ging mit diesem Traummodell zu der Friseurin meines Vertrauens, um zu retten, was noch zu retten war. Frau Weiss gab wie immer ihr Bestes, und nach einer Stunde Arbeit sah die Perücke ganz passabel aus. Aber sie drückte. Am Hinterkopf, wo sich zwei Metallklammern zum Verstellen der Größe befanden. Obwohl ich diese mit verschiedenen Pflastern zu polstern versuchte – die Perücke drückte. Eigentlich überall. Ich setzte sie auf und fühlte mich unwohl. Ich setzte sie ab und war wieder ich.

Eines Tages gingen Alexandra und ich zusammen essen. Es war ein warmer, sonniger Tag, und wir setzten uns nach draußen. Alexandra hatte mich förmlich gezwungen, erstmalig in der Öffentlichkeit die Perücke zu tragen. Es kratzte, es juckte, es war warm, und ich fühlte mich verkleidet. Ich wollte die Perücke abnehmen, aber Alexandra blieb stur. Aus irgendeinem Grund wollte sie unbedingt, dass ich ihr an diesem Tag nicht mit Glatze gegenübersaß. Vielleicht dachte sie, dass ich mich an die Perücke gewöhnen und mich damit schließlich besser als mit meiner Glatze fühlen würde. Ich erfüllte ihr dieses eine Mal den Wunsch. Mit giftigem Blick blieb ich mit meiner kratzenden Perücke sitzen. Aber mein Entschluss stand fest. Als wir wieder zu Hause waren, erklärte ich, dass ich die Perücke das erste und zugleich letzte Mal getragen hätte.

Seitdem ich mein Klavier habe, steht die Perücke als Blickfang auf dem Klavierkasten. Irgendwann fand eine Freundin heraus, dass man wie Bonnie Tyler aussieht, wenn man die Perücke verkehrt herum aufsetzt. Seitdem kam sie zweimal erfolgreich auf Verkleidungspartys als Bonnie Tyler zum Einsatz und staubt ansonsten vor sich hin.

Ich sehe ein, dass ich in diesem Fall Krankenkassengeld verschwendet habe. Aber ich hatte zuvor noch nie eine Glatze und wusste es zum Zeitpunkt der Entscheidung nicht besser. Doch dass mich zu verkleiden nicht zu mir passt und mir nicht hilft, wusste ich nach dem Erlebnis im Restaurant genau.

Übelkeit

»Kotzen« wäre die ehrlichere Überschrift für dieses Kapitel. Kotzen hat zum einen etwas Spontanes, zum anderen etwas sehr Kraftvolles. Und beides ist zutreffend.

Ich musste mich bereits sehr früh erbrechen. Aber ich erhielt ein wahres Wundermittel, das in wenigen Minuten wirkte und die Übelkeit nahm: Zofran. Zofran wurde vorübergehend mein Lieblingsmedikament. Auch meine Mutter kam in den Genuss seiner Zauberwirkung.

Die Ärzte hatten deutlich gemacht, dass ein Erfolg der Therapie wesentlich damit zusammenhinge, wie gut die ersten fünf starken Chemos anschlagen würden. Deshalb hing viel, eigentlich alles, an den Ergebnissen der ersten Untersuchung nach diesen fünf Chemos. Und die Ergebnisse waren gut: Die Tumore waren so gut wie weg. Ein einziger Restbefund in der Wirbelsäule.

Meine Mutter ist einer der wenigen Menschen, die ich kenne, der so gut wie nie Alkohol trinkt. Als ich mit den Ergebnissen bei meinen Eltern ankam, betrank sie sich. Vor Freude. Irgendwann saß sie auf dem Boden und trank ein Glas Sekt nach dem anderen. So hatte ich sie noch nie erlebt. Aber so verhalten meine Mutter normalerweise auch mit Genussmitteln umgeht – mit ihren Emotionen ging sie schon immer sehr ausdrucksvoll um. Ehrlich, offen, deutlich – manchmal fast radikal. Und jetzt traf beides hemmungslos aufeinander: ein kompletter Gefühls- und Alkoholrausch. In dem Moment herrlich, aber das konnte natürlich nicht gut gehen. Der Jammer kam am Morgen danach: Meine Mutter sah aus wie eine Leiche und konnte nicht aufstehen. Und ihr war kotzübel. Also gab ich ihr eine meiner kostspieligen Wunderpillen. Wenn sie sich jemals jemand verdient hatte, dann meine Mutter an diesem Tag. Und siehe da: Eine Viertelstunde später erschien ein Mensch in der Küche. Ich sag's ja: Zofran!

Leider kamen manche Übelkeitsattacken so spontan, dass ich nichts dagegen unternehmen konnte. Sich zu erbrechen ist ein erbärmliches Ereignis. Zumindest dann, wenn man es selbst nicht will. Ich musste Nahrung von mir geben, die ich eigentlich für mich behalten wollte. Ich wurde von meinem Körper zum Ausführen dieser unappetitlichen Handlungen gezwungen. Jedes Mal hinterlässt Erbrechen einen ekligen Geschmack im Mund. Jedes Mal muss man den Geruch des Erbrochenen ertragen. Einige Erlebnisse waren so krass, dass ich beschloss, sie komisch zu finden. Mit diesem Blick lässt es sich leichter weiterleben.

Der erste richtig peinliche Vorfall ereignete sich auf einem ATP-Tennisturnier. Mit Alexandra promenierte ich zwischen den Schönen und Reichen, als mich eine Übelkeitsattacke befiel. So sehr wir auch in alle Richtungen Ausschau hielten: Keine Toilette in

Sicht. Und es galt schnell zu entscheiden! Ich rede hier über einen Zeitraum von vielleicht fünf Sekunden.

Ich wählte die Rosenrabatte. Alexandra verdeckte mit ihrem Rücken so gut es eben ging das Geschehen. Tief gebeugt kotzte ich die zuvor verzehrten Shrimps zwischen die Rosen. Anschließend verscharrte ich die Bescherung und lugte vorsichtig hinter Alexandras Rücken hervor, um zu prüfen, ob jemand mein Missgeschick beobachtet hatte. Aber niemand zeigte besonderes Interesse an uns. Unauffällig fingen wir wieder an zu schlendern, bis Alexandra einen Lachkrampf bekam.

Aber das Highlight ereignete sich, als ich mit dem Thema eigentlich schon fast durch war. Einige Monate nach der KMT – ich hatte schon wieder Haare – fuhren meine Schwester und ich im Auto zu einem Baumarkt. Mich plagten damals häufiger starke Hustenattacken, die manchmal so heftig wurden, dass ich mich übergeben musste. Meine Schwester saß am Steuer, und auf einmal bekam ich genau eine dieser Attacken. Ich hustete und hustete, und dann kam der Moment. – »Halt an!«

Meine Schwester trat sofort auf die Bremse und hielt. Ich riss die Tür auf, und während mein Blick noch auf schwarze, gepflegte Herrenschuhe fiel, erbrach ich mich. Leider hatte meine Schwester direkt an einer Fußgängerampel gehalten. Mit dem Kopf noch aus der Tür hängend schrie ich »Vollgas«, und meine Schwester fuhr mit kreischenden Reifen an. Ich bin vor Scham im Sitz versunken, und sollte der Betroffene durch Zufall diese Worte lesen – es tut mir

Leid! Es war so etwas wie höhere Gewalt! Ich pflege normalerweise nicht, Fremden auf die Schuhe zu kotzen. Noch nicht einmal, wenn ich volltrunken bin! Trotzdem bekomme ich noch heute einen Lachanfall, wenn ich mir das Gesicht des Betroffenen ausmale. Sorry!

Wirklich brutal wurde die Übelkeit während der KMT. Nichts half mehr. Weder Zofran noch andere härtere Drogen. Ich habe mich erbrochen, erbrochen und erbrochen. Als Zumutung empfand ich die Anweisung der Ärzte und Pfleger, mich in kleine Schüsseln zu erbrechen, die anschließend gewogen und begutachtet werden sollten. Obwohl es mir die ganze Station übel nahm, habe ich nicht ein einziges Mal ein Schüsselchen zum Wiegen und Begutachten benutzt. Ich nahm das Waschbecken und spülte das Elend weg. Das war während der KMT so ziemlich das Einzige, was mir vom Menschsein blieb.

Kleider machen Leute

Sich zu kleiden ist wichtig für die innere Einstellung. Das gilt erst recht, wenn man krank ist, und es gilt auch für den Aufenthalt im Krankenhaus. Woher kommt eigentlich die Meinung, dass man für das Krankenhaus nur den Schlafanzug, maximal einen Jogginganzug einzupacken braucht? Wenn man schlecht aussieht, kann man sich auch nur schlecht fühlen.

Aber das wusste ich zu Beginn meiner Krankheit genauso wenig wie die meisten Menschen um mich herum.

Mein erstes Erlebnis zum Thema Kleidung hatte ich in meiner ersten Klinik, der Lungenfachklinik. Ich reiste pflichtschuldig mit Schlafanzügen und Jogginganzug ausgestattet an und bezog einen lebendig gewordenen Albtraum: ein Vierbettzimmer mit einem schnarchenden Drachen als Bettnachbarin. Diese Person hatte sich natürlich auch das einzige Telefon unter den Nagel gerissen und machte mir innerhalb der ersten fünf Minuten ihre persönlichen Regeln klar. Außer »Guten Morgen« hatte ich bis zu diesem Zeitpunkt noch nichts gesagt. Und als ich mich dann meinem kleinen, schäbigen Holzspind zuwandte, um auszupacken, war es mit dem bisschen Fassung, das ich noch hatte, vorbei. Ich verließ das Zimmer, suchte das nächste öffentliche Telefon und rief meine Eltern an, um unter Tränen zu erklären, dass es in dieser Klinik nicht auszuhalten sei.

Ob es an meinem unglücklichen Blick oder dem Umstand lag, dass die Ärzte bereits ahnten, welche Diagnose mir bevorstand: Sie zeigten Mitgefühl, und ich erhielt am nächsten Tag ein Einzelzimmer mit Fernseher und meinem eigenen Telefon. Unglaublich, welchen Gemütssprung diese Veränderung in mir auslöste. Mit einem Schlag war ich wieder obenauf und konnte wieder lachen.

Im Gang mit den Einzelzimmern sah ich eine junge Frau, die so gar nicht zu den anderen Pyjamahosen-Erscheinungen passte. Immer gewaschenes, gepflegtes langes Haar, Jeans, Bluse – eine äußerst attraktive Frau. Beim ersten Mal hielt ich sie für eine Besucherin. Als mir klar wurde, dass sie ebenfalls Patientin der Station war, sprach ich sie an.

Ziemlich schnell wurde mir der Unterschied zwischen uns klar. Ich war Amateurin, sie Profi. Seit ihrer Geburt war sie krank, hatte ein Viertel ihres Lebens in Kliniken zugebracht und zudem keine hohe Lebenserwartung. Mukoviszidose. Wieso sollte sie da nicht jede Minute ihres kurzen Lebens, wenn sie die Kraft hatte aufzustehen, strahlend schön aussehen? Ich zollte dem Profi Anerkennung und Respekt, war aber noch nicht so weit, daraus Schlussfolgerungen zu ziehen. Dafür bedurfte es erst noch eines kräftigen Trittes in meinen Jogginganzug-Hintern. Ich erhielt ihn von meiner Mitbewohnerin Alexandra.

Als ich mit der ersten Chemotherapie nach Hause

entlassen wurde, setzte ich die Art, mich »gemütlich« zu kleiden, fort. Nach einer Woche Jogginganzug wurde es Alexandra zu viel. Ob es eigentlich jeder sehen müsse, dass ich krank sei. Ob ich meinen Schicksalsschlag wie ein Banner vor mir hertragen wolle. Wieso ich eigentlich der Meinung sei, nur weil es mir scheiße gehe, müsse ich auch scheiße aussehen. Sie jedenfalls habe keine Lust mehr, jeden Tag dieses Elend anzusehen.

Natürlich reagierte ich empört, verletzt, missverstanden, stinksauer. Nachdem wir uns fünf Minuten angebrüllt hatten, verließ sie mit einem Türknall die Wohnung. Und mich beschlich das Gefühl, dass an ihren Worten etwas dran war.

Also duschte ich, schminkte mich und zog mich nach Wochen zum ersten Mal wieder liebevoll an. Und siehe da: Ein neuer Mensch schaute mir aus dem Spiegel entgegen. Ein Mensch mit Kraft und Rückgrat und nicht das Häufchen Elend, das noch vor einer Stunde aus dem Spiegel geblickt hatte.

Jetzt fing ich auch an, über den Profi nachzudenken. Und ich testete meine neu gewonnenen Erkenntnisse bei meinem nächsten Klinikaufenthalt. Und siehe da: Ärzte und Pfleger behandeln einen vollkommen anders, wenn man ihnen gepflegt gekleidet gegenübertritt oder -liegt. Natürlich bleibt das Verhältnis Arzt – Patient, aber es ist für den Patienten leichter, dieselbe Augenhöhe zu wahren, den Respekt zu erhalten.

Für meinen letzten Klinikaufenthalt habe ich mir extra eine spezielle Garderobe gekauft. Bequem und trotzdem straßentauglich. Ich war die bestgekleidete

Patientin und konnte die Station in Rekordzeit wieder verlassen. Ich bin jetzt eben auch ein Profi. Ein Profi, der nicht versteht, warum das Klinikpersonal Patienten nicht viel aktiver ermuntert, sich vernünftig anzuziehen.

Wunder der Verdauung

Die Verdauung des Menschen ist an sich kein sehr beliebtes Thema. Auch ich gehörte nicht zu den Menschen, die gern darüber sprachen oder sich damit beschäftigten. Leider sprechen auch Ärzte nicht über die Verdauung. Zumindest Blutkrebsärzte nicht, wie ich auch von vielen anderen Patienten erfahren habe. Dabei wird die Verdauung zu einem wichtigen Thema, wenn man Zytostatika – Stoffe, die das Zellwachstum hemmen, also Gift – erhält.

Bei mir begann es mit einer Verklumpung des Stuhls im Enddarm. Zunächst begriff ich nicht so recht, was vor sich ging. Ich musste dringend zur Toilette, aber es geschah nichts. Weder Drücken noch Pressen förderten irgendein Resultat zutage. Nach zwei Tagen begann es schmerzhaft zu werden. Ich hatte das Gefühl, dass am Ende meines Darms ein riesiger Pfropf den Ausgang verstopfte. Ich setzte mich also wieder auf die Toilette und fühlte mal vorsichtig mit den Fingern nach. Was ich dort ertastete, waren steinharte Klumpen in Größe von Kaninchenködeln, die sich zu einem Riesenklumpen, ebenfalls steinhart, zusammengepresst hatten.

Als Erstes versuchte ich dem Problem mit Holzstäbchen, die ich aus dem Behandlungszimmer stibitzte, zu Leibe zu rücken. Die Methode erwies sich als untauglich. Eher brach das Stäbchen, als dass ich den Klumpen damit zerkleinert hätte. Danach klaute ich mir Plastikhandschuhe und probierte es direkt mit den Händen. Da aber auch dies nur wenig Erfolg brachte und mein Darm inzwischen fast zu zerreißen drohte, überwand ich endlich meine Scham und schilderte einem Arzt der Station das Problem. »Ja, ja, ganz normal. Nehmen Sie einfach dieses Mittel, dann wird der Stuhl wieder weich«, war die Antwort.

Hätte er mir dieses Mittel nicht schon im Vorwege in die Hand drücken können, wenn eine Verstopfung dieser Art so normal ist?! Vielleicht war ich besonders verklemmt oder phantasielos – aber ich nahm dem Arzt wirklich übel, dass er den riesigen Klumpen in meinem Enddarm erst einmal in Kauf genommen hatte.

Jedenfalls hielt ich jetzt ein Beutelchen mit Granulat in der Hand, das, wie sich herausstellte, wunderbar wirkte. Noch jahrelang habe ich die Restbestände meiner Beutelchen wie einen Augapfel gehütet und viele Menschen, die über Verstopfung klagten, damit glücklich gemacht. Alexandra nannte sie nach erfolgreichem Erproben liebevoll »meine Kackbeutelchen«.

Stufe zwei der Verdauungsprobleme sind Darmexplosionen. Es gab viele Tage, an denen ich mich nicht mehr als zwanzig Meter von einer Toilette entfernte. Denn zwischen dem Signal ans Großhirn und der Explosion blieb nie viel Zeit. Meistens endete es damit, dass ich anschließend das Bad im Radius von sechzig

Zentimetern um die Toilette putzen musste. Und dieser Radius betraf auch die Höhe! Man sollte doch meinen, dass die Schwerkraft der Erde es zumindest schafft, das bisschen Darminhalt in einer Toilettenschüssel zu halten. Aber die Rückschlagskraft der Explosionsgewalt war häufig stärker. Wenn ich es noch schaffte, zog ich mich schnell komplett aus. Wenn keine Zeit mehr war, riss ich mein Oberteil zumindest bis zum Hals hoch, um die Toilette unbefleckt wieder verlassen zu können.

Vermutlich hat es zehn Jahre gedauert, dieses Buch zu schreiben, weil ich Erlebnisse dieser Art entwürdigend fand.

Dass es mir ohne Schambehaarung gelang, zwischen der aufliegenden Toilettenbrille und der Kloschüssel hindurchzupinkeln, fand ich dagegen faszinierend. Da ich völlig normal auf der Toilette saß, begriff ich zunächst gar nicht, was da vor sich ging. Ich saß auf dem Klo und pinkelte friedlich vor mich hin, als sich vor meinen Augen eine Pfütze zu bilden begann. Zuerst dachte ich allen Ernstes, die Toilette hätte ein Leck. Es dauerte einen Moment, bis ich kapierte, woher die Flüssigkeit kam, aus der sich die Pfütze speiste. Daraufhin probierte ich diverse Sitzhaltungen aus, um immer zu demselben Resultat zu kommen: Wenn ich »normal« saß, schoss der Strahl direkt zwischen Brille und Klo hindurch. Was man nicht alles erleben kann.

Die Versorgungslücke

Die erste Lücke entstand, als ich mit meiner ersten Chemotherapie nach Hause entlassen wurde. Vor mir lag ein riesiger Berg aus Medikamenten und ein Zettel mit einer sehr lückenhaften Anleitung zur Einnahme und Dosierung, die jede Menge Raum für freies Interpretieren ließ. Der mir zugeloste Arzt hatte Urlaub, so dass mein nächster Termin in der Klinik erst eine Woche später sein sollte. Also interpretierte ich und nahm die Medikamente so, wie ich es für richtig hielt. Als ich dann nach einer Woche auf den für mich vorgesehenen Arzt traf, stellte sich heraus, dass das Los der Station auf meinen Wunscharzt gefallen war – den Mann, der mein Bein vor Dr. Z bewahrt hatte.

Jetzt hatte ich zum ersten Mal die Gelegenheit, ihn genauer zu betrachten. Er hatte so gar nichts mit den anderen Ärzten gemein, die immer wie »Götter in Weiß« durch die Gänge rauschten. Er hatte eine ruhige, fast zurückgezogene und etwas linkische Art, sich zu bewegen, und schaute dabei immer neugierig mit seinen großen Augen. Die weißen Strähnen in seinem Haar standen in einem krassen Widerspruch zu seinem schlaksigen, jugendlich wirkenden Körper, und seine Hände waren zart und feingliedrig. Er sprach immer leise. Hinter seinem defensiven Äußeren verbarg sich ein scharfer, sehr präziser Verstand, gepaart mit einem zum Teil äußerst schwarzen Humor. Und er behandelte mich nicht herablassend, sondern respektvoll. Irgendwie wirkte es so, als ob nach all den Jahren in der Intensivmedizin nicht der Tod, sondern die Bürokratie und Hierarchie seine Feinde waren. Auch dies unterschied ihn für mich von seinen Kollegen. Ich war froh, dass das Los auf ihn gefallen war.

Gemeinsam fanden wir heraus, dass ich so ziemlich alles falsch gemacht hatte. Aber da es ja nur darum ging, sich selbst gezielt zu vergiften, war es mir egal erschienen, in welcher Reihenfolge ich mich zerstörte. Jetzt, da ich es besser wusste, gab ich mir Mühe, das Gift zum richtigen Zeitpunkt in der richtigen Menge zu nehmen. Diese kleine Versorgungslücke blieb also ohne Folgen.

»Wie geht es dir?«

Die Diagnose »Krebs im letzten Stadium« verändert mit einem Schlag alles. Auch für die Menschen, die in irgendeiner Form zum Leben des Patienten gehören. Am stärksten betroffen sind natürlich Partner und Familie. Als Patient ist man erst einmal damit beschäftigt, das Verhalten der nahe stehenden Menschen wieder in vernünftige Bahnen zu schütteln.

Beispiel meine Mutter: Als ich krank wurde, war ich von jetzt auf gleich wieder im Kleinkindstatus. Ein hilfloses Geschöpf, um das sich die Mutter liebevoll kümmern muss. Gut gemeint. Aber in dieser Form nicht erwünscht.

Beispiel mein Vater: Praktisch, handlungs- und lösungsorientiert. Aber es gibt eben in einer solchen Situation Momente, die einfach elendig sind – ohne dass er hätte helfen können. Für ihn schwer zu ertragen. Also griff er zu vielen Ratschlägen oder aufmunternden Worten. Gut gemeint. Aber manchmal muss man Elend einfach aushalten.

Beispiel meine Freundin: Nach anfänglicher Hyperaktivität erstarrte sie in Wut und Ohnmacht über das Leid, das sie mit ansehen und mit ertragen musste. Auch dieser Zustand war wenig hilfreich.

Aber all diese Reaktionen sind nicht ungewöhnlich

und in Ordnung! Wenn ein Mensch, den wir lieben, leidet und zu sterben droht, dann haben wir selbst ein Problem. Und die wenigsten von uns kennen sich mit dieser Situation aus. Die Hauptaufgabe besteht darin zu verstehen, wie normal all diese Reaktionen in einer so außergewöhnlichen Situation sind. Das Normale darin zu erkennen entkrampft ungemein. Diese Erfahrung habe ich allerdings erst später gemacht, als ich definitiv nicht mehr weiter wusste und mir Hilfe bei einer Psychologin suchte. Am Anfang war ich mit dem »es gut meinenden« Umfeld allein.

Besonders wütend wurde ich, wenn mir Menschen Bücher aus der Rubrik »Krankheit als Weg« schenkten. Ich hätte sie ihnen am liebsten sofort an den Kopf geknallt. Zur Weißglut trieben mich Bekannte, die im halb betroffenen, halb belehrenden Ton sagten: »Da kannst du ja jetzt mal in Ruhe darüber nachdenken, was du in deinem Leben vielleicht falsch gemacht hast und was du daraus lernen kannst.« Ich brauchte lange und auch psychologischen Rat, um die Ursache meiner Wut zu ergründen.

Versteht denn eigentlich keiner von denen, dass man nie zuvor im Leben so abhängig von den eigenen Kräften war? Und in dieser Situation werfen sie einem an den Kopf, dass genau diese eigenen Kräfte nichts taugen. Anstatt das dünne Drahtseil zu zerschneiden, auf dem man gerade balanciert, sollten sie einem lieber eine Stange reichen. Oder zumindest wegbleiben, um das Seil nicht in Schwingungen zu versetzen.

Klasse war auch das Dorf. Einmal im Jahr gibt es im Dorf meiner Eltern ein großes Fest, und ich beschloss, mit Glatze und Mütze daran teilzunehmen. Und ich habe mich amüsiert – geraucht, getrunken, gelacht, getanzt. Danach war klar: Ich war eine tragische Figur, die mit ihrem Lebensstil (natürlich bedauerlicherweise) wohl kaum eine Chance hätte, den Krebs zu überleben. Das Dorf hatte ein herrlich moralisierendes Gesprächsthema. Dabei war genau das meine Balancierstange! In dieser Situation alles an Normalität und Ausgelassenheit zu leben, was gerade möglich war. Schlimm genug, dass ich mich ständig dagegen wehren musste, zum Kleinkind degradiert zu werden, dass ich schlecht aussah und mich oft schlecht fühlte. Ohne diese Ausbrüche wäre ich verrückt geworden.

Ich bin auch häufig abends aus Krankenhäusern rausmarschiert und mit Freunden in die nächste Kneipe gegangen. Wobei Alkohol immer ein Risiko war. Es gab Tage, an denen ich nach dem ersten Schluck rot anlief, der Hals anschwoll und ich kaum noch Luft bekam. An anderen Tagen konnte ich problemlos trinken. Also habe ich es immer vorsichtig versucht, und wenn ich nach einer Minute noch Luft bekam, es doppelt genossen.

Am meisten hat mir meine Familie getraut und zugetraut. Nachdem wir uns erst einmal zurechtgerüttelt hatten und es akzeptiert wurde, dass ich als hilfsbedürftiger Mensch ein erwachsener Mensch bleibe mit dem natürlichen Anspruch auf Privatsphäre und ein eigenes Leben und dass Eltern eben leider auch nicht alle Probleme lösen können, waren meine Eltern mein größter emotionaler Rückhalt. Und während das Dorf noch den Kopf über mein Verhalten schüttelte, kochten meine Eltern mir einfach einen starken Kaffee gegen den Kater am Morgen danach.

Aber ich will nicht verschweigen, dass gerade die Missverständnisse zwischen meinen Eltern und mir mich am Anfang manchmal denken ließen, nicht der Krebs sei das Problem, sondern die Menschen um mich herum. Ich fühlte mich so in die Enge getrieben, dass ich keinen anderen Ausweg mehr wusste, als meinen Eltern zu sagen, dass ich sie lieber gar nicht mehr sehen würde, wenn sie mich weiterhin so erdrückten. Zum Glück reagierten sie auf diese Worte, als würden sie aus einer Trance erwachen.

Meine Schwester war von Anfang an einfach da für mich. Der einzige Mensch, den ich anrufen mochte, wenn ich nicht sprechen, sondern nur Nähe wollte. Sie kam ins Krankenhaus, setzte sich zu mir ins Bett, und wir starrten gemeinsam in den Fernseher, ohne ein Wort zu wechseln. Mir halfen diese schweigsamen gemeinsamen Momente. Was im Fernsehen lief, war fast egal.

Dass ich auf die Frage »Wie geht es dir?« stets mit »gut« antwortete, nahmen Bekannte dankbar zur Kenntnis. Das ersparte genaueres Nachfragen und ermöglichte ihnen einen normalen Umgang mit mir. Und lange Zeit konnten sie sich auf das »gut« als Antwort auch verlassen.

Erst als es mir richtig mies ging, antwortete ich einer Bekannten auf ihre Frage mit »Schlecht. Richtig schlecht.« Ich habe noch nie jemanden so unbeholfen rückwärts aus meiner Küche tippeln gesehen. Ich war es leid. Ich wusste ja, dass es keiner so genau wissen wollte; dass die meisten Angst vor der Wahrheit und vor allem vor Details hatten. Aber in diesem Moment hatte ich keine Lust mehr auf Fassade. Es ging mir schlecht, und dass keiner der freundlichen Besucher in unserer Wohnung bereit war, diese Antwort anzunehmen, verursachte in mir einen bitteren Geschmack.

Eine einzige Freundin stellte all die Fragen, die sich aufdrängen, wenn jemand schwer krank, vielleicht todkrank ist. Es war sehr befreiend, mit zumindest einem Menschen offen über meine Gedanken reden zu können. Im Gegenzug erzählte sie mir all die Details, die mit einer Schwangerschaft einhergehen können. Nicht nur die schönen, sondern eben auch die unappetitlichen. Es war ihre erste Schwangerschaft, und beide verfolgten wir interessiert unsere körperlichen und emotionalen Veränderungen – welches Glück und wie viel Ruhe ihre Hormone in ungekannter Weise produzierten und wie viel Wut und wie viel Durchhaltesignale die meinen erzeugten. Wir verglichen, wie sich das Wasser in den Beinen einer Schwangeren im Vergleich zu den durch Gift beeinträchtigten Beinen anfühlt und vieles mehr.

Eines Tages stand ich mit ihrem Neugeborenen auf dem Arm vor dem Spiegel. Ein zarter kleiner und ein kranker größerer Glatzkopf in friedlicher Eintracht Wange an Wange. Es gibt nicht viele Bilder, die sich mir eingebrannt haben. Dieses schon.

Heute ist ein guter Tag

Aufwachen. Ein über viele Jahre automatisierter Ablauf: Das Bewusstsein verdrängt Stück für Stück Unterbewusstsein und Schlaf. Raum und Zeit gewinnen Kontur, und nach einigen Sekunden erscheint das Tagesprogramm vor meinem inneren Auge. Noch sind die Augen geschlossen, aber ich beginne bereits, mich auf die Anforderungen des Tages einzustellen. Parallel dazu beobachte ich meine Stimmungslage: Freue ich mich auf das Programm? Bin ich nervös, aufgeregt, habe ich an alles gedacht? Erwarte ich einen langweiligen Tag, eine schwierige Situation?

All die Jahre verlief Aufwachen in dieser Form. Es gab ein Programm, dem meine Aufmerksamkeit mit der ersten bewussten Sekunde des Tages galt. Auch ein duftender Körper, der sich an einen schmiegt, kann in diesem Sinne so etwas wie ein Programm sein. Egal, wie es mir ging, es gab immer Ziele, Aufgaben, Wünsche, die es zu erledigen, gestalten, erleben galt. Mein Befinden ordnete sich unter und wurde von mir gegebenenfalls angepasst. So funktionierte mein Leben, so erreichte ich meine Ziele.

Jetzt spielte mein Körper nicht mehr mit. Ich konnte planen, wie ich wollte: Ich erlebte Morgen, an denen einfach keine Energie zum Aufstehen da war;

an denen mein Mund so schmerzte, dass selbst das Schlucken der eigenen Spucke eine Qual war; an denen es mir nicht gelang, meinen Körper ein einziges Mal zu strecken. Morgen, an denen mir klar wurde, dass meine einzige Aufgabe für den Tag darin bestand, ihn zu überleben.

Trotzdem war ich selbst jetzt immer wieder voller Pläne und setzte mir klare, ehrgeizige Genesungsziele. Das war mein Erfolgsmuster, so hatte ich fünfundzwanzig Jahre überlebt. Und was passierte? Ich fuhr mit Vollgas gegen die Wand. Meine Überlebensautobahn funktionierte nicht mehr. Ziele? Lachhaft. Mein Körper spottete meinen Zielen und Wünschen. Jahrelang hatten seine Bedürfnisse im Abseits gestanden, und jetzt zwang er seine Anerkennung herbei.

Ich musste mich umstellen. Keine Pläne. Keine Ziele. Aufwachen. Spüren, wie fühlt es sich an. Kann ich mich strecken? Möchte ich aufstehen? Wenn ja: Was mache ich mit dem Tag? Denn heute ist ein guter Tag! Heute kann ich im Garten sitzen und ohne Schmerzen eine Suppe essen. Und vielleicht, aber nur vielleicht, werde ich auch ein bisschen lesen …

Lächle und sei froh

Lächle und sei froh, es könnte schlimmer kommen. Und meine Familie lächelte und war froh – und meine Schwester knallte in ihrem Auto mit 130 Sachen gegen einen Baum. Meine Tante sagte zu meiner Mutter: »Sei froh, dass du kein drittes Kind hast. Das hätte ich im Keller eingesperrt.«

Ich befand mich damals im Krankenhaus einer anderen Stadt, um meine Stammzellen für die bevorstehende »Knochenmarktransplantation«* zu spenden, und terrorisierte meine Eltern mit tränenüberströmten Anrufen. Die Hämatologie war überfüllt, und ich musste bei den Karzinomen liegen. Meine Bettnachbarin litt vierundzwanzig Stunden am Tag an Phantomschmerzen. Man hatte ihr den rechten Arm samt Schulter amputiert und es offensichtlich versäumt, rechtzeitig eine wirksame Schmerztherapie einzuleiten. Wenn mich ihr Stöhnen und Wimmern auf den Gang trieben, schlug mir der Geruch von Urin entgegen. Ich hatte die männlichen Hirntumore in Ver-

* Da allgemein immer von der »KMT« die Rede war, verwende auch ich diese Bezeichnung. Tatsächlich handelte es sich um eine »autologe Stammzellentransplantation«, da die Stammzellen von mir selbst gespendet wurden.

dacht, dass sie neben das Urinal pissten. Die meisten sahen mehr tot als lebendig aus.

Zudem konnte ich nicht schlafen. Meine linke Schulter schmerzte zu sehr. Die Nerven waren jetzt nicht mehr taub, sondern verursachten Stiche bei jeder Berührung. Die linke Seite schied zum Schlafen also aus. Und in die rechte Seite meines Halses hatte man mir einen Katheter für die Zentrifuge gelegt, der drückte, wenn ich versuchte, mich auf diese Seite zu legen. Und auf dem Bauch oder dem Rücken liegend konnte ich noch nie schlafen.

Der ständige Schlafmangel, meine an sich schon schlechte Grundverfassung und die vielen schwerkranken alten Menschen um mich herum ließen mich mehrfach am Tag zum Telefon greifen, um wenigstens ein paar tröstende Worte zu hören. Ein tröstender Satz meiner Eltern war: »Wir kommen dich am Mittwoch besuchen.« Und sie kamen.

Schneeweiß betraten sie das Zimmer. Man musste kein Prophet sein, um zu erkennen, dass etwas passiert war. An diesem Tag hatte meine Schwester ihren Unfall gehabt, und meine Eltern kamen gerade aus der Klinik. Ich empfahl meinem Vater, erst einmal Schnaps für uns alle zu holen. Da Alkohol in Krankenhäusern bekanntlich unerwünscht ist, zelebrierten wir nach seiner Rückkehr kichernd das Ereignis. Meine Eltern und ich saßen auf dem Bett und kippten verbotenerweise Schnaps. Und wie Schulkindern rutschte uns das Herz in die Hose, wenn wir draußen Schritte hörten. Das half.

Zum Glück war meine Schwester im wahrsten Sinne des Wortes mit einem blauen Auge und ein paar Schrammen davongekommen: Schnittwunden im Gesicht und am Kopf, Gehirnerschütterung, durchgerüttelte Knochen, die sich noch lange beschweren sollten. Aber lebendig! Ich war gerührt, dass meine Eltern mich trotzdem besucht hatten. Sie fuhren jetzt immer im Dreieck: Dorf, Stadt 1, Stadt 2, Dorf. Insgesamt gut zweihundert Kilometer. Und nach all dem, was meine Schwester für mich getan hatte, wollte auch ich sie unbedingt besuchen.

Als ich mit dem Spenden der Stammzellen fertig war, rutschten meine Leukozyten in den Keller. Nicht genügend Leukos zu haben ist ein Kernproblem bei Chemotherapien. Wenn der Messwert unter tausend sinkt, dann gilt Vorsicht!!, da der Körper sich nicht mehr ausreichend schützen und an einer harmlosen Infektion krepieren kann. Mit Neupogen gibt es aber ein Mittel, das die Produktion von Leukos schnell wieder ankurbelt. Es ermuntert die Stammzellen, viele weiße Blutkörper zu produzieren. Man rammt sich eine Spritze in den Bauch, neben die Einstichstellen der Thrombosespritzen, und alles wird gut. Eine Ampulle kostete damals ungefähr zweihundert Mark.

Wann man sie verwendet und wann man Breitbandantibiotika zu sich nimmt, ist mit das Erste, was man als Krebspatient lernt. Mit diesem Wissen hatte ich schon eine Fehleinschätzung der Dorfklinik überlebt.

Dort hatte ich mal ein Blutbild machen lassen, als es mir während eines längeren Aufenthaltes bei meinen Eltern besonders schlecht ging und ich Fieber bekam. »Wenn die Werte im Keller sind, alles draufhauen, was da ist.« So hatte ich es gelernt. Die Dorfklinik wollte mich stattdessen beobachten und Untersuchungen durchführen. Und das bei nur neunhundert Leukos und ohne sterile Umgebung. Als ich das Blutbild sah, wusste ich sofort, was ich zu tun hatte: abhauen, aufpassen, Antibiotika nehmen und spritzen. Mein Doc wusste meine Geistesgegenwart damals sehr zu schätzen. Eine tote Patientin verdirbt schließlich die Statistik.

Und jetzt stand wieder mal ein Arzt vor mir und erklärte, dass ich die Klinik keinesfalls am Freitag verlassen durfte, da meine Leukozyten zu niedrig seien. Aha! Stattdessen sollte ich also das Wimmern der armen Frau neben mir noch weiter ertragen? Ich sollte nicht berechtigt sein, meine Schwester im Krankenhaus zu besuchen? Als der Arzt aus dem Zimmer war, rief ich fröhlich meine Mutter an und erzählte, die Abschlussuntersuchung sei ganz toll verlaufen und sie könne mich am nächsten Tag um Punkt elf Uhr abholen. Diese Zeit lag genau zwischen der Visite und dem Mittagessen. Zum Glück ist meine Mutter ein pünktlicher Mensch, und wir konnten unbemerkt das Krankenhaus verlassen.

Ich versuchte mir meinen Zustand nicht anmerken zu lassen, obwohl bereits die Fahrt eine Tortur für mich war. Aber meine Schwester nicht zu besuchen kam nicht in Frage.

Wir fuhren direkt zur Klinik, und ich stellte fest, dass meine Schwester unter ihrer Situation offenbar nicht besonders litt. Mit ihrem Charme hatte sie das ganze Vierbettzimmer samt Pflegepersonal um den Finger gewickelt. Und es kratzte auch nicht besonders an ihrem Selbstbewusstsein, in eine Bettpfanne scheißen zu müssen. Bewundernswert! Ich saß neben ihrem Bett und dachte darüber nach, wie unterschiedlich Menschen doch auf Situationen reagieren. Ich hätte mich in diesem Zimmer und mit einer Bettpfanne niemals wohl gefühlt, während meine Schwester mit ihrem Kopfturban und dem lädierten Gesicht einen ganz entspannten Eindruck machte und sich offensichtlich gut aufgehoben wusste.

Meine Mutter und ich fuhren nach Hause, und ich sackte zusammen. Als sie mich am Montag in die Ambulanz zu meinem Doc brachte, war ich nicht mehr in der Lage, die Treppen in den ersten Stock zu gehen. Als er zu mir herunterkam, bemerkte er: »Ich habe Sie doch als Mensch zu den Kollegen geschickt! Was ist denn passiert?«

Was war eigentlich passiert? Es war für mich nicht das richtige Umfeld gewesen. Es war erstaunlich, was die richtigen Menschen und die richtige Umgebung in mir bewegen konnten. Diesem Mann gehörte mein Vertrauen. Ich musste ihn nur sehen, seine sanfte Stimme hören, und schon ging es mir besser.

Die andere Klinik habe sich am Morgen über mich beschwert, meinte er ein wenig spöttisch. Er habe auf die Möglichkeit des Postweges für den Versand des Krankenberichts hingewiesen.

Wir grinsten uns an – wenn auch mein Grinsen etwas matt ausfiel. Lächle und sei froh …

Wie bitte?

»Aber ich habe doch genau das gemacht, was Sie in Ihrem Schreiben gefordert haben. Da stand doch ausdrücklich, dass ich Bilder einer aktuellen Computertomographie meiner Lunge und meines Bauchs in die Klinik mitzubringen habe. Und es stand auch auf dem Zettel, dass ich zum Zahnarzt gehen und den Befund, dass alles in Ordnung ist, sowie ein Röntgenbild mitbringen soll. Ich habe doch alles dabei! Wieso soll ich jetzt in Ihrer Klinik noch einmal ein CT machen lassen und zum Zahnarzt gehen?« – ... – »Wenn Sie nur den Untersuchungsergebnissen Ihrer eigenen Klinik trauen, dann hätte ich mir die vorherigen Untersuchungen ja sparen können! Und wieso wurden sie dann von mir verlangt?«

Die Antwort habe ich vergessen. Aber dass die zahnärztliche Untersuchung nur dazu diente, dass die Studierenden mal üben durften, das weiß ich noch.

Die Würde des Menschen ist unantastbar

Aber seine Exkremente sind es nicht. Als ich mein KMT-Zimmer das erste Mal betrat, fiel mein Blick sofort auf einen Stuhl mit Rollen, der neben dem Bett stand. Unter der Sitzfläche befand sich eine Schüssel. Ich blickte die Krankenschwester fragend an, und sie erklärte mir, dass es sich bei diesem Objekt um meine Toilette für die nächsten Wochen handeln würde. Über jede meiner Körperausscheidungen müsse genau Buch geführt werden. Nur zwei von sechs Zimmern hatten Spezialtoiletten mit eingebauter Waage (und Kamera?). Ich kam also noch in den zweifelhaften Genuss der herkömmlichen Methode.

Die Hochdosis-Chemotherapie begann nachts. Mit Beginn der Therapie wurde ich jede Stunde geweckt, Blutdruck, Kanülen, Geräte wurden geprüft, neues Gift wurde an den Tropf gehängt.

Der Inhalt der Schüssel unter dem Stuhl wurde jedes Mal begutachtet, aus dem Zimmer entfernt und anschließend in einem anderen Raum gewogen. Alle Menschen trugen jetzt Mundschutz und Kittel, ihre Hände waren sterilisiert. Ich hing an meinen Geräten und durfte den Raum nicht verlassen.

Und dann kam der Tag, an dem mein Pfleger den Raum mit dicken Handschuhen betrat, die bis zum Ellenbogen reichten. Ich hatte den Höhepunkt der Vergiftung erreicht. Ich selbst war Gift. Zu seinem eigenen Schutz durfte der Pfleger meine Ausscheidungen nur mit diesen Schutzhandschuhen anfassen – unter denen er noch ein zweites Paar trug! Jetzt mussten sich Menschen vor mir schützen. Gestatten: Marion Knaths. Hochtoxisch.

Die Therapie zerstörte, wie erwartet, mein Knochenmark. Dann erfolgte die Übertragung der von mir selbst zuvor gespendeten Stammzellen. Ich hatte zugestimmt, dass ein Ärzteteam aus einer anderen Klinik bei diesem Vorgang anwesend sein konnte. Nie wieder würde ich einer Bitte dieser Art entsprechen.

Bis zu diesem Moment hatte ich eigentlich alles ganz gut überstanden. Das änderte sich mit der Stammzellenübertragung. Ein Heer von Ärzten betrat mit einer großen silbernen Box mein Zimmer. Die Beobachter postierten sich erwartungsvoll in der zweiten Reihe. Ich machte noch irgendeinen Scherz. Dann wurde die Box geöffnet und dem Eisdampf meine Stammzellen entnommen. In dem Moment, da die Flüssigkeit durch den Herzkatheter meinen Körper erreichte, bekam ich schreckliche Schmerzen. Alles brannte, ich konnte nur schwer atmen, meine Zunge wurde metallisch. Ich weinte, ich winselte und schämte mich dessen entsetzlich. Und die ganze Zeit schauten diese widerlichen Besuchsärzte interessiert auf das Schauspiel. Ich hasste sie. Hasste mich, weil ich mich durch meine Zustimmung in diese Situation gebracht hatte. Welches Recht hatten diese Wissenschaftler, mich in einer so entwürdigenden Situation wie einen Apparat zu studieren?

Nur die anwesende Schwester war so mitfühlend, meine Hand zu streicheln. Der einzige Mensch in Grün in diesem Raum. Nie zuvor hatte ich mich so gedemütigt gefühlt. Dass meine Ausscheidungen Allgemeingut waren, dass mich nur noch Masken mit Handschuhen berührten, war schlimm genug. Aber dass meine Schmerzen und Tränen vorgeführt wurden, war unerträglich.

Von da an ging es bergab. Mein Selbstwertgefühl verließ mit der Box den Raum, und ich vegetierte tagelang vor mich hin. Seele und Fleisch waren nur noch Schmerzen. Jeden Tag erhielt ich rote Blutkörperchen, die unbekannte Menschen gespendet hatten, aber die Produktion von Leukozyten durch meine Stammzellen ließ auf sich warten. Irgendwann schloss man die riesige Maschinenspritze an mich an, die meinen Körper automatisch mit Opiat versorgte. Da Morphium die Verdauung lahm legt, schwoll mein Bauch in kurzer Zeit auf einen nie von mir für möglich gehaltenen Umfang an.

Nach einigen Tagen begann mein Körper, ein paar neue Leukozyten zu produzieren, und meine Schleimzellen fingen an sich neu zu bilden. Ich konnte nicht schlafen, ohne alles voll zu sabbern. Dicker, zäher Speichel lief unkontrollierbar aus meinem Mund. Jetzt war das Reden nicht nur wegen der Schmerzen schwierig; zusätzlich behinderte mich auch der ganze Glibber in meinem Mund. Ich war ein sabberndes, kahlköpfiges, dickbäuchiges, stinkendes Stück Fleisch, das durch Infusionen am Leben gehalten wurde. Würdelos.

Mein Wille zu kämpfen kehrte mit dem Morphiumentzug und der Entleerung meines Darms zurück. Die Entzugserscheinungen dauerten vierundzwanzig Stunden. Vierundzwanzig Stunden, in denen ich in der Lage gewesen wäre zu töten. Aber danach war es vorbei, und ich hatte einen klaren Kopf. Das erste Mal seit langem. Ein geradezu berauschender Zustand.

Ein Pfleger war so nett, meinen vor Darmmasse fast zerberstenden Bauch zu massieren. Der war so dankbar über diese liebevolle Zuwendung, dass er sofort reagierte. In vierundzwanzig Stunden verlor ich sechs Kilo und passte wieder in meine Kleidung. Ich konnte mich also wieder kleiden! Wie oft der Toilettenstuhl an diesem Tag entleert werden musste, können Sie sich vielleicht vorstellen. Mitunter war der Pfleger gerade erst aus dem Zimmer, als ich schon wieder klingelte.

Bereits in der ersten Stunde, in der ich wieder klar denken konnte, hatte ich den Entschluss gefasst, die Klinik so schnell wie möglich zu verlassen. Also trainierte ich eisern. Jeden Tag gehen. Jeden Tag ein bisschen weiter gehen.

Am ersten Tag schlich ich ein Mal den Flur auf und ab und hatte am nächsten Tag höllischen Muskelkater in den Waden. Ich musste jeden Tag trainieren, auf einem Bein zu stehen, mit geschlossenen Augen zu gehen. Der Gleichgewichtssinn war in Mitleidenschaft gezogen worden. Ich musste lernen, wie ich mich nach dem Verlassen der Klinik mit den Massen an Medikamenten und Hygienemitteln selbst versorgen konnte. Und ich setzte meinen Willen durch. Früher als von den Ärzten ursprünglich erwartet, verließ ich diesen Ort der Qual.

»Die Würde des Menschen ist unantastbar«? An meiner Würde hatte man nicht getastet – man hatte in sie hineingegriffen, an ihr gezerrt und gerissen. Jetzt flüchtete ich mit dem zerfetzten Rest, der mir noch blieb, nach Hause zu meinen Eltern, um ihn wieder zusammenzusetzen.

Man muss es gesehen haben

»Bitte komm. Ich möchte, dass du mich hier besuchst. Ich habe den Ärzten extra erzählt, dass ich zwei Schwestern habe.«

Eines meiner nächtlichen Telefonate aus der KMT mit Alexandra. Jede Nacht telefonierten wir. Während ich ums Überleben kämpfte, kämpfte sie sich an der Uni in einem Crashkurs durch Latein. Sie hatte mich in der KMT-Klinik noch nicht besucht. Und wie jedes Mal, wenn ich das Thema ansprach, spürte ich ihre Zurückhaltung. Immer schob sie eine Reihe alberner Gründe vor, warum es nicht passte. Gründe, die sie angeblich davon abhielten, mich in dieser Situation zu sehen.

Aber auch ihr war klar, dass sie kommen musste. Wenn sie in diesem für mich so wichtigen Moment gekniffen hätte, hätte ich ihr das niemals verziehen. Ich wollte unbedingt einen Zeugen außerhalb der Familie. Einen Menschen, der noch Jahre später weiß, was ich erlebt habe. Jemand, der sich erinnert, wie ich vorher war, wie es in diesem Moment war und der mich auch in Zukunft verstehen würde. Weil er es eben weiß. Ich stellte mir vor, dass alle Menschen, die ich künftig kennen lernen würde, einen wesentlichen Teil von mir niemals wirklich verstünden. Und ich wollte, dass mich neben meinen Eltern und meiner Schwester zumindest ein Mensch verstand. Und natürlich kam dafür nur Alexandra in Frage. Sie musste kommen, um es zu sehen.

Ich hatte Alexandra gleich zu Beginn als meine Schwester angegeben, weil eigentlich nur drei Personen pro Patient ein Besuchsrecht hatten. Aber die Klinik konnte natürlich schwer fordern, dass eine Schwester mich besuchen durfte und die andere nicht.

Alexandra kam nach der Stammzellenübertragung, als es gerade meinem Tiefpunkt entgegenging. Nachdem die Schwestern sie eingewiesen hatten, betrat sie mit Kittel und Mundschutz mein Zimmer – und blieb auf Distanz. Sie drückte sich in den Besuchersessel neben meinem Bett. Während wir über Belangloses redeten, wünschte ich, sie würde nur ein einziges Mal meine Hand in ihre nehmen. Aber sie blieb wie angekettet in ihrem Sessel sitzen. Mitten in diese beklemmende Situation hinein musste ich sie bitten, schnell mein Zimmer zu verlassen. Meine Gedärme explodierten wieder. Da ich es nicht rechtzeitig schaffte, trug ich neue Kleidung, als Alexandra mein Zimmer zögerlich wieder betrat.

Ich versuchte mir vorzustellen, was sie sah: Mein kahler Kopf war rot und aufgedunsen. Wenn ich lächelte, sah sie keine Zähne, da man mir in jede Ritze meiner Mundhöhle und auf die Zähne schwarze Desinfektionspaste gerieben hatte. Aus meiner Brust und meinen Armen hingen Schläuche, die mit Tröpfen und Apparaten verbunden waren. Und da ich neue Kleidung trug, konnte sie sich vorstellen, was soeben passiert war. Meine Stimme war rau, und zu sprechen schmerzte und strengte mich an. Vermutlich stank ich auch. Zumindest roch ich mit Sicherheit ganz anders, als sie es in Erinnerung hatte. Was sie sah und roch veranlasste sie, sich sofort wieder in den Sessel zu drücken. Als sie mich am Ende ihres Besuches endlich in den Arm nahm, war es wie eine Erlösung. Für mich. Aber nicht für sie.

Am nächsten Tag konnte ich Alexandra nicht erreichen. Als sie sich auch am zweiten Tag nach ihrem Besuch nicht meldete, begann ich mir Sorgen zu machen. Am dritten Tag erfuhr ich, was passiert war: Sie war direkt nach der Klinik zu einer Freundin gefahren und hatte sich zwei Tage lang betrunken. Zwei Tage lang hatte sie Angst, Wut, Schmerz und Verzweiflung mit Alkohol zu betäuben versucht – mit mäßigem Erfolg. Wenn heutzutage in Spielfilmen KMT-Patienten gezeigt werden, die strahlend schön mit einem Tropf am Arm ihre Liebsten empfangen, dann ist Alexandra diejenige, die einen Wutanfall bekommt.

Auch sie ging eines Tages zu der Psychologin, bei der ich nach der KMT Hilfe gesucht hatte. – Und kam deutlich erleichtert aus diesem Gespräch zurück. Nach langer Zeit konnten wir endlich wieder offen miteinander reden. Und ich war einigermaßen verblüfft zu hören, dass sie sich über Monate mit Schuldgefühlen herumgeplagt hatte. Das erklärte mir so einiges an ihrem Verhalten. Ich wäre allerdings niemals auf die Idee gekommen, dass Schuldgefühle die Ursache hätten sein können. Das war aus meiner Sicht ein geradezu absurder Gedanke. Aber der Psychologin zufolge alles andere als ein Einzelfall.

Meine Überlegungen von damals haben sich bestätigt. Ich bin heute noch froh, dass es in meinem Freundeskreis zumindest einen Menschen gibt, der miterlebt hat, warum und wie mich meine Erlebnisse verändert haben. Und mich manchmal auch daran erinnert.

Ölen statt Waschen

Chemotherapien greifen auch die Haut an. Schon während der ersten Therapien wurden nur noch Spezialpflaster verwendet, da die Haut andernfalls chemisch verbrannt wäre. Ab einem gewissen Stadium hinterlassen aber auch Spezialpflaster Spuren. Man kann heute noch die Pflasterspuren meines Zentrifugenkatheters auf meiner rechten Schulter sehen, und meine Armbeugen tragen ebenfalls Brandmale dort, wo mir ständig Blut abgenommen wurde. Aber ohne Druckpflaster nach der Blutentnahme geht es eben nicht.

Das wusste ich, nachdem sich einmal eine Vene nicht geschlossen hatte und ich nichts ahnend zum Einkaufen ging. Als ich bezahlen wollte, lief mir das Blut in einem breiten Strom aus dem Ärmel. Ein beeindruckendes Schauspiel – das fand die entsetzt blickende Kassiererin offensichtlich auch.

Die Haut war unterschiedlich empfindlich. Ihren Zustand konnte ich daran erkennen, ob leichtes Kratzen mit dem Fingernagel eine bleibende Spur hinterließ. Diesen Trick hatte ich durch Zufall herausgefunden, als ich gedankenverloren mit meinem Fingernagel über meinen Oberschenkel fuhr, während ich in der Badewanne lag und allein dieses sanfte Kratzen eine lange Spur hinterließ, die auch noch Jahre später sichtbar sein sollte. Danach probierte ich es natürlich nur noch vorsichtig mit einem winzigen Ritzen. Und das Ergebnis war in der Tat sehr unterschiedlich. Sobald mein Körper nicht mehr mit Gift bombardiert wurde, erholte sich auch die Haut wieder und zeigte ihre alte Spannkraft.

Mit Beginn der KMT durfte ich mich nicht einmal mehr waschen. Seife hätte die Haut zerstört. Ich musste mich jeden Tag ölen. Das Ölen wurde zu einem Ritual. Es bedeutete, dass ich das Bett verließ und eine Schwester kam, damit auch mein Rücken geölt werden konnte. Ich genoss diese Zuwendungen. Und ich schaute gern im Spiegel zu, wie der Lappen mit dem Öl sanft über meinen Körper fuhr. Jeden Morgen ölte ich mich langsam und liebevoll. Es war mein kleines Highlight des Tages.

Die Zähne durfte ich nicht putzen, da ich mich mit der Zahnbürste hätte verletzen können. Ohne Blutplättchen kann man eben auch an einem Riss im Zahnfleisch verbluten. Aus dem gleichen Grund durfte ich mir auch nicht die Nägel schneiden. Aber dagegen hilft ja vorsichtiges, wenn auch eigentlich verbotenes Feilen.

Zwei Monate ohne Zähneputzen und vernünftiges Essen ließen mein Zahnfleisch zurückgehen. Leider kam ich damals nicht auf die Idee zu fragen, ob zumindest eine Munddusche für die Zahnfleischmassage möglich gewesen wäre.

Keine Haare, keine Zähne – wenn ich den Mund öffnete, sah man wegen der Desinfektionspaste nur in ein schwarzes Loch. Ich kann mich nicht einmal mehr daran erinnern, wie ich zum zweiten Mal meine Haare verlor. Wer meine Glatze rasiert hat. Es war irgendwie zu nebensächlich. Ich hatte andere Sorgen.

Mit der Strahlentherapie begannen die Ölungen ein zweites Mal. Kein Duschen. Kein Baden. Ich war gezeichnet. Festgeschnallt auf einer Maschine war mein Körper durch einen Raum bewegt worden, in dem die Strahlenpunkte und -winkel ausgemessen wurden. Danach wurden die Punkte mit einem dicken Stift auf meinem Körper markiert. Und diese Zeichnung wollte geölt werden. Es wundert mich bis heute, dass ich wohl trotzdem nicht zu sehr stank.

Gut. Während der KMT habe ich sicher furchtbar gerochen. Aber das lag an dem vielen Gift in meinem Körper und nicht am Ölen. Während der Strahlentherapie vermittelten mir die Menschen aber nicht den Eindruck, als würde ich sonderbar riechen.

Geblieben ist, dass ich bis heute äußerst sparsam mit Seife umgehe. Daher muss ich meine Haut auch nicht eincremen, und sie ist trotzdem weich. All die Giftattacken hat sie gut überstanden. Da bringe ich es jetzt nicht übers Herz, sie mit überflüssigen Kosmetikprodukten dicht zu kleistern. Und falls Sie Interesse an einem guten Verpackungstipp für Geschenke haben sollten: Die Spezialpflaster für empfindliche Haut von Johnson & Johnson eignen sich hervorragend. Sie lassen sich prima mit einer Hand von der Rolle abreißen und sind durchsichtig. Ich verwende sie bis heute für alle Geschenke.

Wenn der Alltag tödlich wird

Lydia war der einzige Mensch, den ich kannte, dessen Rücken vermoosen konnte. Kein Scherz. Sie war ein Naturkind und hatte einen Sommer lang nur am See gelebt und dort auch gebadet. Irgendwann fingen Mitschülerinnen an, sich über ihren grünen Rücken zu wundern. Als wir uns kennen lernten, hatte sie bereits alle Drogen durch und lebte in einer Aussteigerkommune. Sie konnte eine Stunde lang aus dem Stand erbost über den Kapitalismus und das Bürgertum schimpfen. Und sie entzog sich beidem konsequent. Als Lydia erfuhr, wie schlecht es mir während der KMT ging, packte sie ein Päckchen – mit einem Schal, denn es war Oktober, einem Tagebuch samt Widmung und jeder Menge Blüten. Und dieses Päckchen schickte sie zu meinen Händen an die KMT-Klinik.

Als die Krankenschwester mir erzählte, ich hätte ein Päckchen voller Blüten erhalten, hatte sie einen Gesichtsausdruck, als könne es sich bei der Absenderin nur um eine Wahnsinnige handeln. Ich war gerührt. Typisch Lydia. Ich sah sie förmlich vor mir, wie sie alle Blüten liebevoll in das Päckchen gelegt hatte. Und jetzt landeten sie im Müll, ohne dass ich sie sehen konnte. Aber die Schwester zeigte Herz und

Einsatz. Sie sterilisierte jede einzelne Seite des Tagebuchs, wusch und sterilisierte den Schal und gab mir beides am nächsten Tag. Allerdings immer noch mit einem leichten Kopfschütteln. Ich schlief mit dem Schal an meiner Wange ein. Ich fand mein Päckchen wunderschön.

Je näher der Tag meiner Entlassung rückte, desto ängstlicher wurde ich. Jeden Tag musste ich riesige Tabletten mit Antibiotika und diverse andere Pillen gegen mögliche Infektionen schlucken. Ich trainierte, meinen Herzkatheter selbst zu spülen. Ich wurde darin unterwiesen, wie ich mich zu verhalten hatte und was ich alles nicht durfte: nie ein Handtuch zweimal benutzen, noch mehrere Wochen keine Seife, Zähneputzen nur mit einer extra weichen Zahnbürste, die ich anschließend wegwerfen musste. Kein Daunenbettzeug, stattdessen Kunstfaser. Täglich neue Bettwäsche. Keine Pflanzen im Haus. Keine Tiere. Verlassen des Hauses nur mit Mundschutz. Besucher ebenfalls nur mit Mundschutz. Keine Nägel schneiden. Nur gekochte Nahrung. Wenn Milch, dann nur H-Milch mit 0,3 Prozent Fettgehalt. (Gibt es etwas Ekligeres?)

Ich bekam Angst vor dem Leben, da in den ersten Wochen so ziemlich alles eine tödliche Bedrohung darstellte. Und das sehr real. Ein junger Mann, den ich aus dem Dorf kannte, war an einer Pilzinfektion nach einer Chemotherapie gestorben.

Das sterile Zimmer, aus dem ich eigentlich so schnell wie möglich weg wollte, wurde in meinen Gedanken immer mehr zur sicheren Festung, in der ich unangreifbar war. Ich lag stundenlang auf meinem Bett und versuchte die Angst vor dem Verlassen des

Zimmers zu bändigen. Ich stellte mir vor, wie meine wenigen neuen Leukozyten und meine ihrer Erfahrung beraubten Lymphknoten Angreifer erkannten und unschädlich machten. Wie in einem Kriegsspiel hetzte ich meine kümmerlichen Heerscharen auf Grippeviren, Pilzbakterien und was mir sonst noch alles einfiel.

Meine arme Schwester hatte den Job, das ganze Haus von oben bis unten zu putzen und so gut es ging zu sterilisieren. Ein Freund meiner Eltern lagerte alle Pflanzen aus. – Und starb ein paar Jahre später an Krebs. Mit meinem vorübergehenden Einzug in meinem Elternhaus begann für alle eine anstrengende Zeit.

Als ich die riesige Kiste mit Medikamenten und Desinfektionsmitteln ausgepackt hatte, war das Badezimmer bis zur Decke voll gestellt. Jedes Mal, wenn ich mit dem Spülen meines Herzkatheters fertig war, fiel mir ein Stein vom Herzen, dass ich nicht aus Versehen die falsche Flüssigkeit in eine der Öffnungen gepumpt hatte. Jeden Tag quollen der Mülleimer und die Waschmaschine mit Dingen über, die jemand einmal berührt hatte. Meine Mutter kochte wie am Fließband Nahrung, die ich doch nicht aß. Ich versuchte mich gewissenhaft an alles zu halten, was die Ärzte mir mit auf den Weg gegeben hatten, aber die Vielzahl der Verbote war erdrückend.

Ich ging mit den zwei DIN-A-4-Seiten klein gedruckter Verbote zu meinem Doc, legte sie vor ihn auf den Tisch und sagte: »Das halte ich nicht aus!«

Er nahm die Zettel in die Hand, schaute mich an und sagte: »Na ja. Eigentlich ist es ja auch egal, woran Sie sterben.« Dann nahm er einen Stift, und wir machten uns gemeinsam daran, einige Punkte zu streichen. Wir strichen »keine Spaziergänge an der frischen Luft ohne Mundschutz«, wir strichen »Vermeiden von Menschenansammlungen«, und wir beschlossen, dass meine Katzen mich schon nicht umbringen würden, wenn ich im Dezember wieder in meine Wohnung zöge.

Also ging ich mit Mundschutz und Glatze zu einem Handballspiel meines ehemaligen Vereins und genoss es, bei Spaziergängen nicht den widerlichen Gestank des Mundschutzes einatmen zu müssen. Ich feuerte jeden Tag meine sich langsam vermehrenden Leukos an und schaffte es, mich nicht aus Versehen umzubringen, bis mein Herzkatheter nach Wochen endlich entfernt wurde.

Das Versorgungsloch

»Neunzig Prozent aller Krebspatienten bekommen nach dem Ende der eigentlichen Behandlung so etwas wie eine Gürtelrose oder eine Depression«, sagte mein Doc nach der KMT zu mir. Kein Wunder! Der Krebs wird zerbombt und mit ihm der Mensch. Aber während sich um den Krebs ein ganzes Heer von Ärzten und Pflegern kümmert, bleibt man mit seinem zerbombten Ich allein.

Nach der KMT ging nichts mehr. Ich konnte nicht schlafen, ich konnte nicht essen, eine Treppe mit mehr als zehn Stufen überforderte mich. Ich hatte Hirnkrämpfe – Attacken, in denen mein Kopf nicht mehr zu steuern war. Wie Blitze schoss es durch mein Hirn, ich musste schluchzen, mein Körper zitterte, ich hatte das Gefühl, dass mein Kopf von innen gesprengt würde. Diese Anfälle warfen mich aufs Bett, wo ich, handlungsunfähig, dazu gezwungen war, diesen Wahnsinn wie eine Außenstehende zu betrachten und über mich ergehen zu lassen. Das war nicht ich, das machte mir Angst.

Also ging ich zu meinem Doc und fragte, ob er mir nicht einen Psychologen empfehlen könne. Allein käme ich einfach nicht mehr weiter. Er verstand mich und gab mir eine Kontaktadresse.

So traf ich auf den Menschen, dem ich meine Genesung verdanke: Frau Ske. Meine Psychologin. Wie mein Doc zeichnete auch sie sich durch eine leise Stimme, scharfen Verstand, gute Beobachtungsgabe und Respekt vor Menschen aus. Eigentlich wollte sie mich in unserem ersten Gespräch nur darüber informieren, welche unterschiedlichen Formen der Therapie es gibt und welche Adressen sie mir geben kann. Aber am Ende war ich mir sicher, dass ich das Glück hatte, dem für mich richtigen Menschen bereits begegnet zu sein. Bis heute weiß ich nicht, ob es eigentlich zu ihrem Job gehörte, sich mit mir zu treffen.

Zunächst sahen wir uns wöchentlich. Nie gab es Zeitdruck – die Gespräche dauerten immer so lange, bis ich sie von mir aus beendete, wenn ich zu erschöpft war. Zu Beginn war das Wichtigste, dass ich begriff, wie normal die Reaktionen meines Körpers waren; dass ich nicht dabei war, zum Zombie zu mutieren.

Wenn ich von Krämpfen im Kopf geschüttelt auf dem Bett lag, hatte ich Angst vor mir. Angst davor, vielleicht verrückt zu werden. Jetzt begriff ich, dass diese Krämpfe Momente waren, in denen mein Gehirn einfach Spannung abbaute; dass es sich auf diese Weise heilte und sortierte. Bei meinem nächsten Krampf lächelte ich und freute mich. Ich begrüßte ihn, da ich bereit war zu glauben, dass er mich der Normalität näher brachte. Auf diese Weise wurden die Anfälle schnell kürzer und seltener.

Während der KMT war ich tagelang stündlich zur Kontrolle geweckt worden. Rund um die Uhr. Wochenlang hatte ich starke Schmerzen und Demütigungen erlebt. Nachdem ich die KMT-Klinik verlassen hatte, konnte ich kaum noch einschlafen. Auch in diesem Punkt half mir die Erklärung der Psychologin weiter: Nicht mehr schlafen zu können ist eine normale Reaktion von Folteropfern. Wenn auch in guter Absicht, so war auch ich Opfer von Folter gewesen. Schlaf braucht Vertrauen. Und dieses Vertrauen hatte ich offensichtlich verloren. Dies zu akzeptieren erleichterte mir den Umgang mit mir selbst. Ich saß jetzt ruhiger nachts wach, schaute Fernsehen oder hatte sogar die Muße, ein Buch zu lesen. Und irgendwann kam der Schlaf von allein.

Jahrelang hatte ich immer auf Ziele hingearbeitet. Auch jetzt hatte ich klare Vorstellungen. Anfang Dezember wollte ich wieder in meiner Wohnung sein und im Februar wieder arbeitsfähig. (Zu diesem Zeitpunkt wusste ich noch nicht, dass mir noch eine Strahlenbehandlung bevorstand.)

Ich zog im Dezember wieder in meine Wohnung ein, aber ansonsten klappte nichts. Ständig erlebte ich Rückschläge. Immer wieder gab es Tage, an denen mir selbst die Treppen zu meiner Wohnung im dritten Stock zu viel waren. Tage, an denen ich um Hilfe bitten musste, da ich nicht in der Lage war, für mich zu sorgen. Ich bekam Infektionen und musste zusätzlich zu meinen zwanzig Basispillen starke Medikamente nehmen, deren Nebenwirkungen wieder auf den Magen schlugen. Es bedurfte mehrerer Gespräche und vieler Rückschläge, bis ich mich ernsthaft mit Frau Skes Überlegungen zu diesem Thema auseinander setzte. Und es bedurfte eines Schocks, den ich auf einer Party erlebte.

Trotz meines Zustands hatte ich mich überreden lassen, an einer Feier meines ehemaligen Handballvereins teilzunehmen. Da die Girls immer klasse im Feiern und Tanzen waren, freute ich mich darauf. Tanzen hatte mir immer Spaß gemacht. Je ausgelassener, desto besser. Als irgendwann das richtige Lied kam, ging ich auf die Tanzfläche. – Und blieb dort stehen. Ich hörte den Rhythmus, aber er kam nicht in meinem Hintern und nicht in meinen Beinen an. Ich konnte sie nicht zum Rhythmus bewegen. Fassungslos schaute ich auf meine Füße wie auf etwas Fremdes, das da unten stand und nicht zu mir gehörte. Ich verließ die Tanzfläche und verbrachte den Abend im Sitzen.

Als ich Alexandra von diesem Erlebnis erzählte, sagte sie, ihr sei aufgefallen, dass ich mich seit der KMT immer krumm und mit eingezogenen Schultern bewege, wenn ich nackt sei. Mit krummen Schultern und ohne Rhythmus im Hintern – das ging gar nicht.

Und da meine »zielorientierte Herangehensweise« offensichtlich nicht zum Erfolg führte, war ich jetzt bereit, Frau Ske zuzuhören. Ihr Vorschlag: Ich solle zur Abwechslung mal meinem Körper vertrauen und nicht meinem Kopf. Mein Körper solle ab jetzt entscheiden, wozu er Lust hat. Und mein Kopf solle dieser Empfehlung folgen. Klingt simpel, war für mich aber eine radikale Erfahrung. Wenn mein Körper Lust hatte, den ganzen Tag auf dem Sofa zu liegen, dann lagen wir den ganzen Tag. Wenn er essen wollte, bekam er zu essen, wenn er frische Luft wollte, ging ich spazieren. In dieser Zeit kam auch mein Klavier. Ein

Kindheitstraum, den ich mir jetzt erfüllte. Und der Rhythmus kam wieder.

Ansonsten war eine der größten Herausforderungen in dieser Zeit der Genesung, den guten Ratschlägen gesunder Menschen zu widerstehen. Ihnen war mein Vorgehen zu passiv. »Geh mehr raus«, »mach mal Sport«, »iss mehr«, »sei nicht so träge!« Dank der wöchentlichen Sitzungen blieb ich konsequent. Und mein Durchhaltevermögen auf dem für mich ganz neuen Weg wurde belohnt.

Ich hatte meinen Körper für seine Schwäche und die Schmerzen, die er mir zugefügt hatte, gehasst. So sehr gehasst, dass ich den Kontakt zu ihm verloren hatte und mich nackt in ihm schämte. Und es dauerte, bis ich akzeptierte, dass es ohne ihn nun mal nicht ging. Aber von dem Moment an, da mein Körper die Befehlsgewalt erhielt, erholte ich mich deutlich schneller. Das stimmte mich versöhnlich, und ich begann langsam, meinen Körper, so wie er war, anzunehmen.

Auch die Strahlentherapie hätte ich ohne psychologischen Beistand mit Sicherheit nicht so problemlos weggesteckt. Frau Ske begleitete mich, bis ich ein schlechtes Gewissen bekam, ihre Zeit weiter für mich in Anspruch zu nehmen. Ich bekam keine Gürtelrose und keine Depression. – Obwohl mir dies nach Ansicht meines Doc zugestanden hätte. (Einer seiner von mir so geliebten Kommentare.) Stattdessen wurde ich in statistisch gesehen kurzer Zeit wieder ein Steuern zahlendes Mitglied der Gesellschaft.

Ich kenne zwei Frauen, die wegen ihrer Depression nach dem Krebs seit Jahren nicht arbeiten können.

Vermutlich waren sie mit ihrem zerbombten Ich nach der Therapie allein und hatten nicht das Glück, von einer guten Psychologin begleitet zu werden.

Wenn ich heute tanze, dann immer noch am liebsten ausgelassen. Aber heute bin ich nicht nur glücklich, sondern auch dankbar, wenn mein Hintern groovt.

Essen als Aufgabe

Essen kann unter Einwirkung von Chemotherapien schnell schwierig werden – Schmerzen im Mund, Übelkeit, Appetitlosigkeit. Aber das waren harmlose Vorboten. Zu Beginn meiner Therapien hatte ich noch richtige Fressflashs erlebt. Teil meiner Behandlung war die Einnahme von Cortison, und ich erlebte jeden Tag die unbezähmbare Gier nach Currywurst. Ich fraß und fraß und fraß. Während meiner ersten Chemotherapie nahm ich mit Sicherheit zu. Während der zweiten hielten sich das Verlangen zu essen mit den Beschwerden schon ziemlich die Waage, danach gewann der Unwille zu essen die Oberhand, und ich nahm ab.

Aber immerhin konnte ich noch essen – bis zur Hochdosis-Chemotherapie. Ich weiß nicht mehr, wie lange es gedauert hat, bis ich vor Schmerzen und Übelkeit nicht mehr bereit war, Nahrung zu mir zu nehmen. Aber es waren nur wenige Tage. Ich wurde intravenös ernährt. Weißer Brei hing an einem Tropf und erleichterte mir das Leben, sorgte für mein Überleben. Alle Schleimhäute wurden zerstört, vom Mund bis in den Magen. Es war eine einzige riesige Wunde, deren Schmerzen am Ende nur noch mit Morphium zu ertragen waren.

Danach kam ein neuer Schmerz: Meine Geschmacksnerven funktionierten nicht mehr richtig. Und nicht nur die Geschmacks-, sondern auch die Geruchsnerven. Alles stank! Als ich zum ersten Mal mein steriles Zimmer verließ, wurde mir sofort übel von den Gerüchen, die über mich hereinbrachen. Ich ging ein Mal den kurzen Gang der Station auf und ab, und die Flut des Gestanks ließ mich sofort wieder in mein steriles Zimmer flüchten. In dem Raum, der vermutlich für alle anderen stank, atmete ich erleichtert auf.

Als ich aus dem Krankenhaus entlassen wurde und erst einmal bei meinen Eltern Quartier bezog, kochte meine Mutter jeden Tag diverse Gerichte mit einem einzigen Erfolg: dass mir schon vom Geruch übel wurde und ich mich erbrach. Am schlimmsten war der Geruch von Nudeln. Wenn unten im Haus Nudeln gekocht wurden, musste ich im ersten Stock das Fenster öffnen und den Kopf in die frische Luft halten. Anders konnte ich den Gestank nicht ertragen.

Wochenlang lebte ich von H-Milch mit 0,3 Prozent Fett mit etwas Banane, Brühe und dieser ekelhaften Astronautennahrung. Selbst wenn etwas mal nicht stank und ich versuchte, einen Bissen zu mir zu nehmen: Der Geschmack war jedes Mal eine Enttäuschung. Nichts schmeckte, wie es sollte. Alles schmeckte nach Aspirin. Das ist nach einer Hochdosis-Chemotherapie normal. Nur wie alles gleich und falsch schmeckt, ist unterschiedlich. Eine Krankenschwester erzählte mir, sie hätten auch mal einen Patienten gehabt, für den anschließend alles nach Nivea geschmeckt habe.

Wochenlang zwang ich Astronautenpampe in mich hinein bis zu dem Tag, an dem die Nachbarin meiner Eltern mit Käsekuchen vorbeikam. Wenig hoffnungsvoll ließ ich mir ein Stück davon aufdrängen. Es stand relativ lange vor mir, bis ich es endlich probierte. Was dann folgte, war eine wahre Freudenexplosion. Es schmeckte genau so, wie ich leckeren Käsekuchen in Erinnerung hatte. Es schmeckte genau, wie es schmecken sollte. Der beste Käsekuchen meines Lebens!

Von da an wurde es täglich besser. Immer häufiger passten meine Vorstellung von dem Geschmack einer Nahrung und der erlebte Geschmack zusammen. Was allerdings nicht viel besser wurde, war mein Appetit. Zumeist reichten mir ein, zwei Bissen, und ich hatte genug. Da ich ziemlich abgemagert war, machten sich Familie und Freunde natürlich Sorgen. Mich eingeschlossen.

Der einzige Mensch, der gelassen blieb, war meine Psychologin. Zum einen habe sie noch nicht erlebt, dass jemand einfach so verhungere, der Körper würde sich das Nötige schon holen. Zum anderen stimme es ihrer Ansicht nach nicht, dass beispielsweise dralle Kinder auf Intensivstationen die besseren Überlebenschancen hätten, da sie »mehr zuzusetzen« hätten, wie es immer so schön heiße. Sie habe im Laufe der Jahre in der Intensivmedizin den Eindruck gewonnen, dass die Dünnen zäh seien. Woher auch immer diese Kraftreserven kämen – sie waren jedenfalls vorhanden. Sie empfahl mir daher, gelassen zu bleiben und mich nicht zum Essen zu zwingen. Verhungern würde ich schon nicht. Und wenn ich nach einem Bissen keine Lust mehr hätte, dann sei das völlig in Ordnung. Ich solle einfach genau dann essen, wann ich wolle, so viel ich wolle und was ich wolle.

Mit dieser Einstellung ging es mir deutlich besser. Vor allem, weil ich eine Sorge weniger hatte. Und ich beschloss, mir alles zu leisten, worauf ich Appetit verspürte. So wurde ich ein Lustesser und bin es noch heute. Ich esse immer noch eher wenig. Es sei denn, ich bin entspannt, und es steht etwas Köstliches vor mir. Und demnächst gehe ich mit meiner Psychologin mal wieder so richtig gut essen.

Rauchen

Wenn die Lunge auf dem Röntgenbild vor Tumoren schwarz ist, drängt sich der Gedanke auf, mit dem Rauchen aufzuhören. Alexandra setzte mir am Anfang jeden Tag zu und ging sogar so weit vorzuschlagen, dass wir es doch gemeinsam mit dem Aufhören versuchen sollten. Also hörten wir auf.

Bereits beim Aufwachen musste ich an eine Zigarette denken. Aber wir hielten den ersten Tag durch. Immer, wenn einer dieser Momente kam, in denen man meinte, es keine Sekunde länger ohne Zigarette aushalten zu können, konzentrierte ich mich auf meinen Atem, und der Anfall ging vorüber. Anschließend ging es für ein oder zwei Stunden erstaunlich gut. Als ich am Abend einschlief, musste ich ebenfalls an eine Zigarette denken.

Wir schafften auch den zweiten Tag. Obwohl wir Besuch zum Essen eingeladen hatten, der rauchte. Atmen, atmen. Auch am dritten Tag galt mein erster Gedanke einer Zigarette. Aber wer die Nerven als Erste verlor, war Alexandra. Aus heiterem Himmel schrie sie auf einmal: »Tut mir Leid, aber ich halte das nicht aus. Ich gehe jetzt eine rauchen.« Sie zog sich eine Jacke über und stürmte aus der Tür. Ich glaube, es dauerte keine Minute, bis auch ich eine Jacke aus dem Schrank gerissen hatte und hinter ihr herlief. Ich fand sie in ihrem Käfer auf dem Parkplatz. Bei klirrender Kälte rauchten wir zur Feier des Tages gleich zwei hintereinander. Danach war mit dem Rauchen aufzuhören für mich erst einmal nicht mehr diskutabel.

Als ich wieder in der Krebsklinik war und mit meinen Eltern im Raucherzimmer saß, kam Dr. Z hinzu. Er erklärte in Gegenwart meiner Eltern, dass er mir dringend rate, mit dem Rauchen aufzuhören. Ich sagte laut und deutlich Nein und verließ den Raum. Dr. Z folgte mir, griff von hinten nach meiner Schulter und drehte mich ihm zu. »Wenn Sie nicht tun, was ich sage, werden Sie sterben. Ich wollte es in Gegenwart Ihrer Eltern nicht sagen, aber wir gehen davon aus, dass Sie kurz vor einer Lungenthrombose stehen. Hören Sie mit dem Rauchen auf!«

Ich schaute in seine Augen und hörte in meinen Körper. Und ich wusste, dass er Unrecht hatte. »Nein«, sagte ich abermals und ging nach draußen. An der frischen Luft raucht es sich einfach besser. Mir wurde klar, dass mir niemals jemand würde drohen können. Womit? Dass er mir meinen Job wegnimmt? Mich verlässt, meine Wohnung kündigt? Höchstens, indem er mir droht, einem geliebten Menschen Schmerz zuzufügen. Dass ich mein damaliges Nein überlebt habe, begleitet mich bis heute. Aber manchmal gehört zum Überleben auch eine große Portion Glück.

Als ich zum ersten Gespräch in der KMT-Klinik antrat, fragte ich den verantwortlichen Arzt, wie das

Rauchen geregelt sei. Er brauchte ein paar Sekunden, bis er begriff, dass ich die Tragweite einer KMT offensichtlich noch nicht richtig verstanden hatte. Seine Antwort ließ an Klarheit nichts zu wünschen übrig: »Sie werden sich in einem sterilen Raum befinden. Jede Bakterie oder Vire kann tödlich sein. Rauchen ist völlig ausgeschlossen.« Ich war erschrocken und bat meine Mutter sofort, mir Nikotinpflaster zu besorgen.

Die Tage, bevor die eigentliche KMT anfing, konnte ich natürlich noch rauchen. Am letzten Abend kam ein geliebter Freund. Raucher. Mit ihm verbrachte ich die letzten Stunden. Als ich um Mitternacht zur KMT antrat, hatte ich die halbe Stunde zuvor so viel geraucht, dass mir schlecht war und der Gedanke, erst einmal nicht mehr rauchen zu müssen, etwas geradezu Verlockendes hatte. Ich klebte mir ein Nikotinpflaster aufs Bein und legte mich ins Bett. Wohl wissend, dass mein Päckchen Javaanse Jongens versteckt in meiner Jackentasche auf mich wartete.

In den nächsten drei Wochen erlebte ich einen so rasanten körperlichen Verfall, wie ich ihn mir niemals hätte vorstellen können. Und ich dachte dabei an alles, nur nicht ans Rauchen. Dank der Nikotinpflaster hatte ich natürlich auch keine Entzugserscheinungen.

Dann kam der Tag, an dem der Arzt sagte, morgen dürfe ich das erste Mal das Gebäude kurz verlassen, um mit Mundschutz an die frische Luft zu gehen. Und prompt war er da: der Gedanke an eine Zigarette. Der von diesem Moment an alles bestimmende Gedanke an eine Zigarette. Ich bestand darauf, nicht von einer Schwester, sondern meiner Mutter begleitet zu werden. Etwas irritiert gab die Pflegeleitung meinem Wunsch statt, und ich verließ am Arm meiner Mutter das Haus.

»Du kannst sagen, was du willst, aber ich werde jetzt eine Zigarette rauchen«, sagte ich zu meiner Mutter, wissend, dass es für sie wie ein Schlag ins Gesicht war. Aber meine Mutter kannte mich gut genug, um zu wissen, dass ich meinte, was ich sagte, und antwortete nur: »Das habe ich gewusst.« Also suchten wir eine sonnige Parkbank, auf der man uns von der Station aus nicht sehen konnte. Meine Mutter stand Schmiere.

Ich setzte mich, nahm meinen Mundschutz ab und begann den Tabak zu drehen. Wenn der erste Zug nicht schmeckt, dann werfe ich sie weg. Dann ist das das Zeichen, dass ich nie wieder rauchen werde, dachte ich und zündete die Zigarette an. Ich nahm den ersten Zug – und er schmeckte köstlich. Ich genoss jede Millisekunde dieses ersten Zuges. Mir wurde noch nicht einmal schwindelig. Klar, ich hatte ja die ganze Zeit über meinen Körper per Pflaster mit Nikotin versorgt. Ich rauchte die erste Zigarette in meiner neu gewonnenen Freiheit und kehrte glücklich in mein Krankenzimmer zurück. Von da an gingen meine Mutter und ich jeden Mittag spazieren …

Eines Tages stand eine Schwester an meinem Bett und ging mit mir all die Punkte durch, auf die ich nach meiner Entlassung unbedingt zu achten hätte. Erstens, zweitens, drittens, viertens, fünftens – »Und Sie dürfen mindestens ein halbes Jahr lang nicht rauchen.«

»Wieso?«, fragte ich unschuldig unter meiner Decke hervor. Schließlich hatte ich bereits fünf Tage lang je eine Zigarette geraucht.

»Weil Ihre Lunge von der Hochdosis-Chemo so angegriffen ist, dass sie beim ersten Zug zusammenfallen kann. Und das wollen wir ja nicht.«

Ups, dachte ich. Da habe ich ja Glück gehabt. Ich fragte mich, warum man mich nicht schon vorher über diese Möglichkeit informiert hatte. Offenbar war niemand auf die Idee gekommen, dass jemand so verrückt sein könnte, in meinem Zustand zu rauchen. Aber ich war eben so verrückt gewesen. Und ich beschloss, dass, wenn meine Lunge nicht beim ersten Zug zusammengefallen war, sie die nächsten Zigaretten mit Sicherheit auch überleben würde. Also lächelte ich die Schwester mit unschuldigem Blick an und freute mich, dass die Götter es diesmal gut mit mir gemeint hatten. – Und rauchte weiter.

Unter Maschinen

Was ich an Raumschiff Enterprise besonders liebe ist, dass die Ärzte für ihre Diagnose immer so kleine praktische Scanner haben. Sie fahren mit dem Gerät in der Hand einmal am Körper des Patienten entlang, und schon wissen sie, was los ist. Und ab der zweiten Staffel konnte man die meisten Verletzungen mit dem Gerät auch gleich heilen. Praktisch. Und human: Der zu heilende Mensch ist viel größer als die Maschine, die ihn untersucht.

Ende des zweiten Jahrtausends sah dieses Verhältnis auf der Erde ganz anders aus. Ich lag unter einer Vielzahl von Maschinen, die eins gemeinsam hatten: Sie waren riesig. Und sie waren allesamt sehr empfindlich. Ich werde nie begreifen, wieso mein Handy für diese Maschinen eine Bedrohung darstellt und für meinen um so vieles komplexeren Körper angeblich nicht. Ein Hoch auf die Handy-Lobby! Damals gab es zwar noch nicht das Handy-Problem, aber die Maschinen waren trotzdem sensibel, und man musste als Patient darauf Rücksicht nehmen.

Für den Computertomographen (CT) musste ich immer literweise Kontrastmittel trinken, weil die Maschine ansonsten nichts erkennt. Zusätzlich wurde mir eine Kanüle in die Hand gestochen, durch die während der Aufnahmen eine weitere Flüssigkeit lief. Da auch ein Tropf empfindlich ist, musste ich die Kanülenhand immer hübsch im richtigen Winkel über den Kopf halten. Und dann atmete ich anderthalb Stunden mit vollem Bauch und abgestrecktem Arm zu den sanften Befehlen der Maschine. Einatmen, nicht atmen, ausatmen. Ohne den Tropf und das Kontrastmittel wäre der CT meine Lieblingsmaschine gewesen. Die Röhre hat zumindest etwas Luftiges, Großzügiges und das gezielte Atmen zu dieser sanften, weiblichen Stimme etwas Meditatives.

Für den Szintigraph musste ich mich radioaktiv anreichern. Jetzt konnte man mich mit dem Geigerzähler jederzeit auf dem Klinikgelände ausfindig machen. »Tack, tack, tack. Sie befindet sich gerade in Block D.« So stellte ich es mir zumindest vor. Ich trank wieder literweise Flüssigkeit, um mich anschließend unter ein Gerät zu legen, das aussah wie ein riesiger Stein und das die radioaktiven Anhäufungen in meinem Körper ganz sensibel erspürte. Und dabei störte den Klotz eine volle Blase. Wirklich ungünstig, wenn man vorher so viel trinken musste. Diese komplizierte Logik führte dazu, dass ich ständig unter dem Stein hervorkrabbeln musste, um meine Blase zu entleeren. Ansonsten war die Maschine – abgesehen von der Vorstellung, was wohl passieren würde, wenn dieser Riesenklotz mal runterkracht – ganz okay.

Die Magnetresonanz hätte eigentlich eine sehr bequeme Untersuchung sein können, wenn man keine Klaustrophobie hat. Ich fand heraus, dass ich Klaustrophobie habe. Aber kein Problem: Da ich nicht die

Erste war, hielt man bereits ein Zaubermittel bereit, nach dessen Einnahme die Welt eine rosa Wolke ohne Zeit ist. Man schob mich mit meiner Wolke in die Röhre, und zweieinhalb Stunden lang hörte ich lustige Geräusche. Ein Klangexperiment. Hübsch.

Während der KMT war es die Summe der Geräte, die einen erschlug. Das Bett war umstellt von Maschinen, die mich entweder am Leben hielten, meine Schmerzen dämpften oder irgendetwas kontrollierten. Wie man sich eben eine Intensivstation vorstellt. Verhältnis Maschine zu Mensch: 3:1.

Doch richtig unheimlich wurde es bei der Strahlentherapie. Spätestens, wenn sich hinter mir fünfzig Zentimeter dicke Stahltüren schlossen, um den Rest der Welt vor den für mich gedachten Strahlen zu schützen. Solche Türen hatte ich immer in Ford Knox und nicht in einer Klinik vermutet. Es war bedrückend: allein in einem großen gekachelten Raum, über mir die Strahlenkanone. Abgeschottet durch Monstertüren. Jedes Mal atmete ich auf, wenn sich die Türen wieder öffneten.

Die Strahlenkanone an sich war eine unkomplizierte Maschine. Sie brauchte lediglich ein klares Ziel. Daher bestand meine einzige Aufgabe darin, die Markierungen an meinem Körper für den Zeitraum der Behandlungen nicht zu verwischen und still zu liegen, während die Maschine ihren Job tat.

Immer wenn ich an den Türen vorbeikam, hatte ich ein Gefühl von »ihr kriegt mich nicht«. Vielleicht lag es daran, dass ich mir in diesem Raum immer wie lebendig begraben vorkam. Ich habe jahrelang keine verschlossenen Türen mehr ertragen.

All den großen sensiblen Maschinen, für die ich mich mit Flüssigkeit voll gepumpt und verrenkt habe, für die ich mich stechen und bemalen ließ, für die ich stundenlang still lag und geatmet habe, sei gedankt. Aber das nächste Mal würde ich mich trotzdem wohler fühlen, wenn »Pille« mit seinem Scanner vor mir stünde und ich nur eins tun müsste: nichts.

Ohne Worte

Eigentlich trat ich in der Krebsklinik nur zu einem Routinetermin an. Dachte ich. Die KMT lag jetzt knapp fünf Monate hinter mir, und so langsam wurde aus mir wieder ein Mensch. Bei meiner Anmeldung teilte mir die Schwester mit, dass mein Doc leider noch eine Vorlesung gebe. Seine Patienten würden auf die Kollegen verteilt, ich solle mich doch einfach ins Wartezimmer setzen.

Es hatte ein bisschen von Russischem Roulette. Denn zwei der drei in Frage kommenden Ärzte waren mir bereits begegnet: Es handelte sich um Dr. Z und sein weibliches Gegenstück. Ich setzte mich ins Wartezimmer und hoffte auf den dritten Arzt. Mal gewinnt man, mal verliert man. Ich verlor.

Aber schließlich lag unser Aufeinanderprallen ja schon fast ein Jahr zurück. Wir hatten bestimmt einfach einen schlechten Start gehabt. Jedem Menschen eine zweite Chance. Ich motivierte mich, lächelte und betrat das Sprechzimmer von Dr. Z.

»Frau Knaths, Frau Knaths. Schön, Sie mal wieder zu sehen«, begrüßte er mich jovial. Ich sagte einfach freundlich »Guten Morgen«, ohne mich dem zweiten Teil seiner Begrüßung anzuschließen, und setzte mich.

»Frau Knaths – Ihr verantwortlicher Arzt hat Ihnen ja mit Sicherheit bereits mitgeteilt, dass Sie aufgrund Ihres Befundes noch zur Strahlentherapie müssen. Die Therapie beginnt in der nächsten Woche. Haben Sie noch irgendwelche Fragen?«

Klirr! Irgendwelche? Tausende! Und zuerst mal in Gedanken ein paar Feststellungen: Nein. Niemand hat mir gesagt, dass ich noch zu einer Strahlentherapie muss. Und was heißt hier eigentlich müssen? Warum, wieso, weshalb??? Und wie kommen Sie dazu, mir diese Mitteilung einfach so auf den Tisch zu rotzen? Was bedeutet das für mich? Wieder Schmerzen? Wieder Übelkeit? Wieder Verfall? Dauert es lange? Wie lange wird es danach dauern, bis ich mich wieder erholt habe?

Ich war unfähig zu sprechen. Ich hatte einen solchen Kloß im Hals, dass ich losgeheult hätte, wenn ich auch nur einen Ton von mir gegeben hätte. Ich schaute Dr. Z einfach nur an.

»Nun gut. Wenn Sie keine weiteren Fragen haben, dann war es das für heute. Ihr Blutbild ist in Ordnung. Bitte melden Sie sich in Haus X und vereinbaren einen Termin. Ich wünsche Ihnen einen guten Tag.«

Wie jetzt? Glaubte dieser Klempner allen Ernstes, dass es damit getan sei? Ich blieb sitzen und starrte Dr. Z weiter an. Er erhob sich, um mich zu verabschieden, aber als ich darauf nicht reagierte und stumm auf meinem Stuhl sitzen blieb, setzte er sich wieder hinter seinen Schreibtisch. »Haben Sie doch noch Fragen?«

Ich starrte Dr. Z weiter an.

»Äh, also gut. Vielleicht sollte ich Ihnen noch ein paar Informationen geben. Wir werden Ihr Kreuzbein bestrahlen, da dort der Tumor gegen die ersten Chemotherapien resistent war. Aber die Bestrahlung wird nicht besonders hoch dosiert sein. 30 G.« Er machte eine Pause und schaute mich zunehmend verunsichert an. Er begann auf seinem Stuhl rumzurutschen.

Und ich dachte: What the fuck are 30 G? Aber noch immer war ich nicht in der Lage, irgendetwas zu sagen. Die Situation wurde ihm offensichtlich unangenehm. Gut so. Ich fing an, dem Ganzen zumindest etwas Positives abzugewinnen. Weiterhin starrte ich ihn an und bewegte mich nicht. Auf seiner Stirn bildeten sich leichte Schweißperlen. Offensichtlich hatte er das Gefühl, es nicht mit einer Krebskranken, sondern einer Geistesgestörten zu tun zu haben.

»Hören Sie: Wenn Sie weitere ...« – In diesem Moment klopfte es an der Tür, und jemand trat ein, ohne auf ein »Herein« zu warten. Ich drehte mich um und erkannte wie durch einen Schleier meinen Doc. Er sagte nur: »Kommen Sie.« Wie betäubt stand ich auf und verließ mit ihm das Zimmer. Draußen auf dem Flur schaute er mir in die Augen und sagte: »Ich glaube, Sie sollten sich erst einmal erholen. Kommen Sie morgen wieder. Dann bin ich für Sie da.«

Als ich am nächsten Morgen sein Zimmer betrat, blätterte er amüsiert in meiner Akte. »So, so. Sie hatten also gestern ein ausführliches Beratungsgespräch zum Thema ›Strahlentherapie‹ mit Dr. Z? – Das steht zumindest hier in Ihrer Akte.«

Als ich diesmal das Zimmer verließ, war ich für die Strahlentherapie bereit. Und hatte eine Antwort auf

»warum, wieso, weshalb«. Sogar das mit dem G hinter den 30 hatte ich für einen Moment verstanden.

Und ich hatte eine Ahnung, warum mich mein Doc nicht früher über die mir bevorstehende Strahlentherapie aufgeklärt hatte, obwohl die Ärzte schon im vorangegangenen Jahr davon ausgegangen waren. Und obwohl ich glaubte, seine Beweggründe zu verstehen, nahm ich ihm diesen Punkt übel. Detail. Nie wieder werde ich mir etwas Schönes darunter vorstellen, wenn ein Arzt zu mir sagt: »Und nach der Behandlung können Sie sich erst einmal ein halbes Jahr lang erholen. Und dann sehen wir weiter.« Erstens meint er mit »erholen«, vom Wurm zur menschenähnlichen Gestalt zu werden, und zweitens hält er anschließend die nächste unangenehme Überraschung bereit.

Vielleicht war sein Vorgehen richtig. Ich weiß es nicht. Aber dass ich zum ersten Mal, zumindest für kurze Zeit, richtig wütend auf ihn war, das weiß ich.

Wie ich kürzlich erfahren habe, verkauft Dr. Z jetzt pharmazeutische Produkte.

Wie bitte?

»Die KMT-Klinik wünscht, dass ich alle paar Monate mein Knochenmark befunden lasse? Wozu? Sie haben mir doch gesagt, dass Sie alles draufgehauen haben, was die Krebstherapie im Moment zu bieten hat. Wenn eine Krebszelle überlebt hat, können Sie doch eh nichts mehr für mich tun. Oder?« – … – »Die Kollegen wünschen eine saubere Beweisführung? Sagen Sie bitte Ihren Kollegen, dass ich nicht bereit bin, für eine saubere Beweisführung auch nur noch eine einzige Knochenstanze zu ertragen. Auf gar keinen Fall.«

Der Kurwitz

Der Kurwitz begann damit, dass ich zur Kur musste, um meine Rentenansprüche nicht zu verlieren. Da bei dem Wort »Kur« vor meinem inneren Auge sofort Wasser tretende Rentner auftauchen, erschien mir der Gedanke daran wenig verlockend.

Ich präsentierte der Krankenkasse ein Alternativprogramm, das zehntausend Mark günstiger war und darin bestand, meinen lädierten Körper durch eine Reha-Praxis ambulant wieder auf Trab zu bringen. Denn mein Hauptproblem war, dass meine Muskeln und Nerven durch das Gift und das viele Liegen stark in Mitleidenschaft gezogen worden waren.

Aber siehe da: Nach einer Krebserkrankung hat man keinen Anspruch auf Krankengymnastik und Massagen. Man hat eben Anspruch auf eine Kur. Und nicht nur auf eine, sondern auf drei. Um meinen Vorschlag genehmigt zu bekommen, hätte ich mir das Bein brechen müssen. Und obwohl die ambulante Therapie billiger und ausgesprochen sinnvoll war, musste ich also eine Kur beantragen. Darauf bestand der Rentenversicherungsträger. Aha.

Es war Februar, und Ende Juli musste ich wieder arbeitsfähig sein, da dann die eineinhalb Jahre Krankengeld ausliefen. Ich beantragte also eine Kur und erhielt einen Platz in einer nicht spezialisierten Kurklinik ab Mitte August. – Spitzenidee! Ende Juli sollte ich es ohne Aufbaumaßnahmen schaffen, wieder zu arbeiten, um anschließend meinen Arbeitgeber mit einer Kur zu erfreuen.

Ich machte mich stattdessen selbst auf die Suche, fand eine Spezialkurklinik für junge Krebskranke mit gutem Ruf im Schwarzwald, schrieb diese mit dem Hinweis auf die gebotene Eile an und erhielt einen Platz für Ende Mai. Geht doch. – Natürlich nur dank eines freundlichen und zugleich energischen Schriftwechsels mit der Bundesversicherung für Angestellte.

Also fuhr ich in die Schwarzwaldklinik. Mit meinem Wagen, denn zum einen finde ich lange Zugfahrten langweilig und zum anderen wollte ich unbedingt vor Ort mobil sein. Während der Autofahrt musste ich zwar mehrfach die abenteuerlichsten Verrenkungen machen, um die ständigen Krämpfe in meinen Beinen und Füßen zu lösen, aber ich kam heil an.

Bei unserem Empfangsgespräch wurde uns mitgeteilt, dass wir alle Doppelzimmer hätten und die Klinik nachts abgeschlossen würde. Peng! Das war's. Ich stand auf und erklärte, dass ich unter diesen Bedingungen nicht eine Nacht in diesem Haus verbringen würde. Und ich meinte es ernst. Die Vorstellung, keine Privatsphäre zu haben, nachts keine intimen Telefonate führen zu können, eingesperrt zu sein, löste in mir schlicht Hysterie aus.

Die jungen ambitionierten Psychologen reagierten hektisch und verwirrt auf meinen Ausbruch. Nach kurzer Diskussion erhielt ich ein Einzelzimmer mit Telefon und einen Schlüssel für die Haustür meines

Haustrakts. Mit diesem Schlüssel sind der harte Kern und ich dann am Wochenende immer nachts getürmt, um in der Disco des Nachbarortes zu feiern. Achtung, die Glatzen kommen! Nach der zweiten Woche wurden wir schon freudig erwartet.

Jetzt hatte ich also mein Einzelzimmer, in dem ich nachts stundenlang telefonieren konnte. Allerdings nur, wenn ich angerufen wurde. Die Klinikleitung hatte die Telefone so eingerichtet, dass man nach elf nicht mehr hinaustelefonieren konnte. Wieso Kliniken meinen, ihre Patienten derart bevormunden zu müssen, wird mir immer ein Rätsel bleiben. Trotzdem beschloss ich, die Kur von jetzt an positiv anzugehen.

Am nächsten Tag erhielten wir eine Übersicht der Angebote: Mal dich frei, musiziere dich frei, Freiheit durch Sport und die bereits erwähnten Gruppendiskussionen unter therapeutischer Anleitung. Da ich nicht malen kann, erschien mir das mit Sicherheit demütigende Erlebnis irgendwelcher Malversuche nicht geeignet, meinen Zustand zu verbessern. Auf Drängen der Psychologen äußerte ich, dass ich gern einen Eimer schwarzer Farbe über eine Leinwand kippen würde, wenn ihnen damit geholfen sei. Wir entschieden dann gemeinsam, es zu lassen.

Am »Musiziere dich frei« nahm ich teil – um festzustellen, dass es bedeutete, dass alle einfach machten, was sie wollten. Jeder schlug munter auf irgendwelche Klanghölzer oder Schellen ein. Da ich seit meinem achten Lebensjahr musiziere, empfand ich den Lärm als Körperverletzung und verließ nach ein paar Anstandsminuten den Raum.

Blieben also der Sport, das Klavier, das im Gemeinschaftsraum stand, und die schöne Umgebung um mich herum. Ich beschloss, das Kurprogramm um ein paar Ausflüge in die Nachbarschaft zu erweitern. Karsten, der einzige Kurteilnehmer, den ich wirklich beeindruckend und interessant fand, schloss sich mir an. Gemeinsam fuhren wir am Wochenende nach Frankreich, in die Schweiz und nach Freiburg. Wir erkundeten Städte, gingen gut essen oder ins Kino. Wir genossen unsere kleinen, natürlich verbotenen, Ausflüge. Als Karsten später seine zweite KMT durchleiden musste, war ich es, die ihm abends am Telefon zuhörte oder ihm von den kleinen Dingen des normalen Lebens erzählte.

Die Kur wurde ein voller Erfolg. Ich machte Sport, spielte – wenn keiner im Raum war – Klavier, ging in die Disco und hatte am Ende ein richtig nettes Verhältnis zu den Psychologen. Dieses ergab sich allerdings aus den privaten Gesprächen außerhalb des eigentlichen Programms. Ich hätte niemals vermutet, im Schwarzwald auf Georgette-Dee-Fans zu treffen!

Und obwohl ich die Kur ursprünglich nicht gewollt hatte, musste ich zugeben, dass es mir danach deutlich besser ging. Wenn auch von voll arbeitsfähig noch nicht die Rede sein konnte.

Krankheit macht blöd

Bevor ich die Kurklinik verließ, ließ ich mir noch einen Termin bei dem Direktor geben. Zum einen, um ihm zu sagen, wie gut ich das Konzept grundsätzlich fand, zum anderen, um einen Verbesserungsvorschlag für das Reha-Konzept persönlich vorzutragen: Gehirntraining. Dieses Angebot hatte ich geradezu schmerzhaft vermisst.

Monatelang hatte ich entweder dumpf in den Fernseher oder auf meinen ständigen Begleiter gestarrt: den »Lach-doch-mal-Frosch« von Janosch. In jedem Krankenhaus hing ich als Erstes dieses Plakat gegenüber meinem Bett auf. In Momenten, in denen mir sein Grinsen zynisch erschien, befeuerte ich ihn in Gedanken mit Dart-Pfeilen. Aber meistens musste ich lächeln, wenn mein Blick auf ihn fiel.

Obwohl ich gern lese, kam Lesen über weite Strecken meiner Krankheit nicht in Frage. Es war wie bei einer schweren Grippe: Die Augen können den Buchstaben nicht folgen und wenn, dann ist das Gehirn zu müde oder zu sehr mit anderen Themen beschäftigt, um den Inhalt aufzunehmen. Oder ich war einfach zu nervös, um mir das Gelesene merken zu können. Diesen Zustand erlebte ich vor der KMT. Um mich zu beschäftigen, las ich einen Sechshundert-Seiten-Krimi von Elizabeth George. Aber jedes Mal, wenn ich das Buch zuschlug, stellte ich fest, dass ich mich an nichts erinnern konnte. Es ging beim Lesen allein um das Beschäftigen der Hände und Augen. Das Einzige, was mir in solchen Phasen half, war puzzeln. Die Aufgabe, Teile auf einem Tisch zu ordnen und sie einander zuzusortieren, beruhigte meine Gedanken. Ich verbrachte ganze Nächte damit, die Puzzle-Teilchen gerade auf dem Tisch auszurichten. Danach fühlte ich mich ruhiger und entspannter.

Während der KMT ging natürlich auch das nicht mehr. Jetzt blieb einzig der Fernseher, der über den Tag hinweg lief, um meine Gedanken ein wenig abzulenken. Noch heute dreht sich mir der Magen um, wenn die Werbung »Thomy – hier kommt der Genuss« im Fernsehen erscheint. Diese Werbung lief damals ständig. Und da mir kotzübel war, konnte ich den Anblick dicker, fettiger Mayonnaise nur schwer ertragen.

Zu Beginn meiner Krankheit versuchte ich, einen Italienischkurs zu absolvieren. Schließlich hatte ich Zeit und wollte diese Zeit nutzen, um etwas Neues zu lernen. Aber diese Idee ließ sich nicht umsetzen. Nachdem ich zwei von vier Kurstagen aus Schwäche absagen musste, meldete ich mich notgedrungen wieder ab. 1994 war ein heißer Sommer, und Hitze machte mir zusätzlich zu schaffen. Da die Temperaturen in meiner Dachgeschosswohnung für mich nicht auszuhalten waren, dämmerte ich tagelang im kühlen Gästezimmer im Keller meiner Eltern vor mich hin. Erst abends, wenn es etwas frischer wurde, begann für mich wieder das Leben.

Mein Kopf war über die Monate mehr und mehr damit beschäftigt, schlicht die Lebensfunktionen aufrecht zu erhalten. Zudem wurde er mit Gift und Schmerzmitteln bombardiert. Manchmal hatte ich das Gefühl, mein eigentliches Ich hätte sich in einem Kokon irgendwo in meinem Innersten verpuppt, um einen eisigen Winter unbeschadet zu überstehen. Zu geistreicher Konversation oder schnellen Gedankenspielen war ich nicht mehr in der Lage. Alexandra brachte es wie immer auf den Punkt. Als ich beim Backgammon eine Ewigkeit benötigte, um meine Steine zu ziehen, sagte sie schlicht: »Du hast inzwischen wirklich den IQ eines Schimpansen.«

Wochen und Monate hatte ich damit verbracht, gegen Wände oder in mein Inneres zu starren. Als es mir schließlich besser ging, war mein Verstand wie ausgehungert.

Als ich in die Schwarzwaldklinik fuhr, hatte ich daher Gedächtnistraining und IQ-Training als selbstverständlich vorausgesetzt. Denn was nützt es mir, wenn ich wieder in der Lage bin, einkaufen zu gehen, mir aber nicht merken kann, was ich eigentlich einkaufen wollte. Okay – für diesen Fall gibt es zwar das Mittel einer Einkaufsliste, aber es gibt schließlich nicht für alles im Leben Gedächtnisstützen. Und wenn ich mich so unter den Kurgästen umschaute, dann war ich nicht die Einzige, der Gehirntraining gut getan hätte.

Es überraschte mich, dass mein Wunsch nach geistiger Herausforderung und Geistestraining als etwas Neues, Unerwartetes zur Kenntnis genommen wurde. Vielleicht war ich mit meinem Bedürfnis wirklich eine Ausnahme. Aber vielleicht können sich seit meinem Besuch Kurgäste auch mit Knobelaufgaben vergnügen.

Nicht berühren

Als ich Karsten das erste Mal sah, war ich sofort beeindruckt von der Energie, die er versprühte. Er war immer gut gekleidet, sehr gepflegt, und seine Augen glitzerten vor Lebensgier. Er war wie ein Feuerball in der grauen Masse der Kurteilnehmer. Und er war ein unglaublicher Macho. Eine echte Herausforderung. Also setzte ich den Macho auf meinen Beifahrersitz und beschleunigte. Und beobachtete genüsslich aus den Augenwinkeln, wie sich kleine Schweißtropfen auf seiner Stirn bildeten, während ich die Serpentinen hinunterraste.

Anschließend erzählte er mir seine Geschichte: Leukämie – er hatte bereits eine KMT hinter sich –, Hepatitis B (oder C) und einen angeborenen Hüftschaden. Das war nicht zu übersehen, denn Karsten hinkte. Bis dreißig würde er eine neue Hüfte benötigen, wenn er dann noch lebte. Wenn er mal nicht gerade selbst im Krankenhaus Patient war, arbeitete er für die DKMS – die Deutsche Knochenmarkspende. Und die ganze Zeit über blitzten seine Augen. Es bereitete ihm Vergnügen, mich in schöne Restaurants einzuladen und für mich zu bestellen. Obwohl das Gehen für ihn schmerzhaft war, bestand er darauf, die Städte mit mir zu Fuß zu erkunden. Und auch vom

Tanzen in der Disco konnte ihn nichts abhalten. Es ging ihm am beschissensten von uns allen, aber er krallte sich hinkend mit Klauen und Zähnen in das Leben.

Ich verbrachte jede freie Minute mit diesem Energiebündel. Doch vor seiner Zimmertür war jedes Mal Schluss. Ich sah in seine Augen, und hinter dem Glitzern und all der Energie sah ich auch Krankheit und Tod. Die Nacht mit ihm zu verbringen hätte bedeutet, beides an mich heranlassen zu müssen. Dazu war ich nicht bereit. Meine Hormone murmelten zwar Ja, aber mein Überlebensinstinkt war entschieden dagegen. Aus dem gleichen Grund arbeitete ich auch nicht für eine Krebsorganisation. Meine Überlebensstrategie bestand darin, mich vom Tod abzugrenzen und nicht darin, ihn als Bestandteil meines Lebens zu akzeptieren. Ich hatte einfach Angst davor, mich auf Karsten wirklich einzulassen.

Ich weiß gar nicht mehr, woran er letzten Endes starb. Ich glaube, es hing mit seiner Hepatitis zusammen. Nachdem ich ihn telefonisch durch seine zweite KMT begleitet hatte, war ich bei ihm zu Hause gewesen. Obwohl es ihm dreckig ging, legte er Wert darauf, sich in seiner eigenen Wohnung selbst zu versorgen. Und diesmal war es ihm ein Vergnügen, mir mit seinem GTI Turbo Schweißperlen auf die Stirn zu jagen. Danach telefonierten wir in unregelmäßigen Abständen miteinander. Bis er nicht mehr anrief. Es dauerte Monate, bis ich den Mut hatte, mit Hilfe der Telefonauskunft die Nummer seiner Eltern ausfindig zu machen.

Obwohl sie mir nie begegnet war, wusste Karstens

Mutter sofort, wer ich war. Eine Stunde lang erzählte sie mir von seinem Begräbnis.

Ich ging ins Kino und sah nichts von dem Film. Karstens Tod war der erste, der mich wirklich erschütterte. Und ich fragte mich die ganze Zeit, was mich eigentlich mehr mitnahm – dass er es nicht geschafft hatte oder dass sein Tod mir meine eigene Sterblichkeit mit einem Schlag wieder ins Bewusstsein geführt hatte. Ich war nicht stolz auf meine Gefühle.

So wie ich während der Kur auf Karsten reagiert hatte, reagierten gesunde Menschen auf mich.

Michael war die Monate vor meiner Krankheit ein unkomplizierter Liebhaber gewesen. Wir sahen uns hin und wieder, und mal schliefen wir miteinander, mal nicht. Er war charmant genug, es jedes Mal zu versuchen, aber akzeptierte auch ohne zu Schmollen ein Nein. Es war Mai '94, und nachdem die vorangegangenen Wochen ausschließlich von Krankheit bestimmt gewesen waren, sehnte ich mich nach liebevoller Zuwendung. Vornehm ausgedrückt. Ich verabredete mich mit Michael, und um ganz sicher zu gehen, dass mir meine zu diesem Zeitpunkt durch die Chemos ausgetrocknete Schleimhaut keinen Strich durch die Rechnung machte, ging ich in eine Apotheke und kaufte Gleitcreme. Und Sonnenschutzfaktor 2000 für meine Glatze.

Ich war also bestens vorbereitet, als wir uns bei strahlendem Sonnenschein in einem Café trafen. Aber nicht meine Schleimhaut, Michael war das Problem. Oder besser gesagt: Mein Zustand war es für ihn. Zum ersten Mal seit wir uns kannten unternahm er nicht den geringsten Annäherungsversuch. Und meinen Annäherungen entzog er sich. Das war deutlich. Ich ging allein nach Hause und fand mich mit dem Gedanken ab, dass Sex auf absehbare Zeit wohl keine Rolle mehr in meinem Leben spielen würde. Als wir Jahre später mal wieder gemeinsam zusammen im Bett lagen, fragte ich ihn, ob er mich damals einfach abstoßend gefunden hätte.

»Nein«, war die Antwort, »du weißt, dass ich dich mit deiner Glatze attraktiv fand. Ich hatte einfach Angst, jemanden, der so krank ist, anzufassen. Ich konnte es nicht.«

Da ich diese Reaktion selbst an mir erfahren hatte, wusste ich nur zu gut, wovon er sprach.

Ähnliche Reaktionen erlebte ich noch drei Jahre lang. Menschen, die sich mir näherten, sprangen erschrocken zurück, wenn ihnen klar wurde, dass sie sich in eine potenzielle Todeskandidatin zu verlieben drohten. Erst als mir äußerlich nichts mehr anzumerken war und die Krankheit so lange zurücklag, dass sie für andere keine reale, sondern nur noch eine abstrakte Gefahr darstellte, konnten sich mir Menschen wieder nähern und sich auf mich einlassen.

Der Überlebensinstinkt

»Hast du dich nie gefragt: Warum ich?«

»Nein. Wozu?«

Viele Menschen stellten mir diese Frage. Beim ersten Mal reagierte ich ganz erstaunt, weil ich von mir aus nicht darauf gekommen wäre. Und als sie mir gestellt wurde, konnte ich ihren Sinn nicht erkennen. Es war eben, wie es war. Die Beantwortung dieser aus meiner Sicht überflüssigen Frage hätte mir auch nicht weitergeholfen. Und keiner, der mir diese Frage stellte, konnte meine Gegenfrage nach dem »Wozu« beantworten.

Ich fragte mich irgendwann: »Wieso tue ich mir das an?« Und stellte mit Erstaunen fest, dass ich darauf keine Antwort fand. Ich quälte mich durch unglaubliche Schmerzen und wusste nicht warum. Um wieder arbeiten zu können? Um mich vielleicht irgendwann wieder zu verlieben? Es gab nichts, wofür ich kämpfte. Keinen Menschen, keine Ideale, keine Ziele, die ich unbedingt noch verwirklichen wollte.

Die einzige Antwort, die mir in den Sinn kam, war, dass mein Überlebensinstinkt mich einfach weitermachen ließ. Je schlechter es mir ging, desto weiter war ich davon entfernt, aufzugeben oder mich umzubringen. Es kam einfach nicht in Frage. Dabei wäre es während der KMT einfach gewesen. Ohne Leukos hätte ich mich nur ein Mal abstöpseln und mein Zimmer verlassen müssen. Den Rest hätten Bakterien und Viren besorgt, und niemand hätte etwas dagegen unternehmen können.

Aber ich habe nicht einmal daran gedacht. Zuvor hatte ich mir den Tod immer als einen ewigen Schlaf vorgestellt. Jetzt verbot sich jeder Gedanke daran wie von selbst.

Eigentlich ist es nicht überraschend, dass der Überlebensinstinkt so mächtig ist. Aber ich war verblüfft, wie eigenmächtig er ist. Dabei hatte ich Suizid nie grundsätzlich abgelehnt. Dass sich mein 76-jähriger Großonkel mit seinem Jagdgewehr erschossen hatte, fand ich einen starken Abgang. Ein Cousin und ein anderer Onkel hatten sich ebenfalls getötet. Aus meiner Sicht hatte der Gedanke etwas Beruhigendes, dass wir unser Leben beenden können, wenn wir es nicht mehr ertragen wollen.

Jetzt erlebte *ich* Phasen, die ich nicht mehr ertragen wollte. Und es gab aus meiner Sicht auch keinen Grund, sie zu ertragen. Aber darüber hatte ich nicht zu entscheiden. Mein Instinkt trieb mich voran. Monate zuvor hatte mein Verstand entschieden, dem Ziel zu überleben alles unterzuordnen. In den Momenten, in denen mein Verstand versagte, übernahm mein Instinkt diese Aufgabe.

Die Menschen um mich herum waren trotzdem auf der Hut. Wenn ich mich nach Mitteln zur Selbsttötung erkundigte, wechselten sie sofort das Thema. Dabei fragte ich nicht nach Gift, um mich auf der Stelle umzubringen. Ich wollte bloß für den schlimmsten Fall vorbereitet sein. Aber egal, welchen Mediziner im privaten Umfeld ich auch ansprach, alle hatten offensichtlich Angst, mich in meiner Situation genauer zu informieren.

Der für mich schlimmste Fall wäre gewesen, machtlos im Krankenhaus zu vegetieren. In jeder Klinik hinterließ ich als Erstes schriftlich meinen Wunsch, dass im Fall der Fälle meine Geräte abgeschaltet würden und ich nach meinem Tod nicht für Studienzwecke zur Verfügung stehen wolle. Frau Ske konnte meine Angst vor diesem Szenario zumindest mildern. Sie erzählte mir in ihrer überzeugenden Art, dass der Klinikalltag nichts mit den Horrorgeschichten der Boulevardpresse gemein habe. Ihrer Erfahrung nach würden die meisten Ärzte Patienten nicht mehr am Leben halten, wenn die Situation aussichtslos sei und der Patient offensichtlich nicht mehr leben wolle.

Und dieses Gefühl hatte ich zu keinem Zeitpunkt. Auch wenn mir kein vernünftiger Grund zum Weiterkämpfen einfiel: Bereit abzutreten war ich noch nicht.

Vielleicht war es dieser Mangel an Gründen, der mich lange Zeit so wütend machte. Wenn ich im Fernsehen irgendwelche Prominenten sah, die nach überstandener Krankheit voller Entzücken von ihrer Freude über eine Blume am Wegesrand berichteten, dann hätte ich gleich wieder kotzen können. Vielleicht freuten sie sich tatsächlich über die Blume. Mir war sie egal. Ich hatte überlebt, und was hatte ich jetzt davon? Das Gift hatte aus mir ein Wrack gemacht. Jeder noch so dicke, völlig unsportliche

Mensch war mir auf einmal körperlich überlegen. Und das mir, die ich sozusagen in Sporthallen groß geworden bin! Mein Instinkt und mein Wille hatten um mein Leben gekämpft. Es jetzt wieder lebenswert zu gestalten, war eine neue Herausforderung.

Reine Nervensache

Sollten Sie jemals ernsthaft erkranken, dann kaufen Sie sich ein Fremdwörterlexikon, falls Sie keins besitzen. Oder wissen Sie, was es bedeutet, wenn Sie unter einer »distal symmetrischen sensomotorischen Polyneuropathie mit vorwiegend axonaler Schädigung« leiden?

Es bedeutet schlicht, dass mir das Gift die Nerven unterhalb der Kniescheiben zerschossen hatte. Sie funktionieren zwar noch, aber eben anders als gewohnt. Dass ich meine Zehen nur noch eingeschränkt bewegen kann, ist mir ja egal. Aber was mich behindert ist, dass meine Beine auf die kleinste Überforderung mit Krämpfen reagieren. Und zwar am Schienbein und oben auf dem Fuß! Ich wusste gar nicht, dass man dort Krämpfe haben kann.

Und diese Krämpfe überfallen mich bevorzugt nachts. Als ich wieder zu arbeiten begann, habe ich ganze Nächte damit verbracht, durch meine Wohnung zu joggen. Das machte es natürlich nicht besser, weil ich am nächsten Tag übermüdet war und noch stärkere Krämpfe bekam. Es gab ein einziges Medikament, das gegen die Krämpfe half. Limptar. Allerdings hinterlässt das Chinin in diesem Medikament einen so widerlichen Geschmack im Mund, dass ich es immer erst bei Bedarf genommen habe. Und sollten Sie jetzt an Magnesiummangel denken: Vergessen Sie es. Ich habe damals Tonnen an Magnesium geschluckt.

Manchmal sprang ich an roten Ampeln aus dem Auto und hüpfte über die Straße, weil das Bremsen oder Kuppeln einen spontanen Krampf verursacht hatte. Meiner ersten Liebhaberin in meinem neuen Leben sprang ich wegen so eines Krampfes aus dem Bett. Sie bekam einen Lachanfall, als sie mich herumhüpfen sah, und mit der Erotik war es erst einmal vorbei. Meinen Skiurlaub verbrachte ich überwiegend mit Socken im Schnee, da ich alle zehn Minuten die Skistiefel ausziehen musste. Besonderes Talent erforderten Krämpfe bei Sitzungen. Es ist nämlich gar nicht so einfach, sich unter dem Tisch die Schuhe zu öffnen und Fußgymnastik zu betreiben, ohne dass es einer merkt.

Auch die Nerven unterhalb meiner Ellenbogen waren betroffen. Am Anfang konnte ich keine Suppe essen, da es mir nicht gelang, die Hand ohne starkes Zittern zum Mund zu führen. Kaffee aus normalen Kaffeetassen zu trinken war ebenfalls unmöglich. Ich gewöhnte mir an, nur noch große, tiefe Tassen zu benutzen, die ich nur halb füllte. In der Öffentlichkeit fasste ich sie meistens mit beiden Händen an. Auf diese Weise konnte ich trinken, ohne den Inhalt zu verschütten und ohne Aufmerksamkeit auf meine zitternden Hände zu lenken.

Sowohl meinen Beinen als auch meinen Armen geht es inzwischen deutlich besser. Aber auch heute noch kann ich einen Löffel nur in einem speziellen Winkel zum Mund führen. Und wehe, ich bin zu nervös oder habe eine lange Nacht hinter mir – dann verdurste ich lieber bei einer Konferenz, als alle Blicke auf meine zitternde Kaffeetasse zu lenken.

Auch mit den Beinkrämpfen habe ich umzugehen gelernt. Wenn ich mich morgens strecke, dann nur bis zu den Knien. Wenn ich mich im Bett umdrehe, dann ohne die Muskeln in den Füßen oder den Unterschenkeln zu beanspruchen. Diese Techniken helfen, täglichen Morgenkrämpfen vorzubeugen. Gegen Krämpfe, die aufgrund körperlicher oder geistiger Überanstrengung auftreten, hilft nur, ruhiger und gelassener zu leben. Das gelingt mir noch nicht immer.

Die Hoffnung, dass meine linke Schulter sich jemals wieder so anfühlt wie vor dem Durchtrennen des Nervs, habe ich aufgegeben. Die ersten Jahre konnte ich mich nicht korrekt anschnallen, weil der Druck des Gurtes fiese Stiche verursachte. Also klemmte ich ihn immer unter den Arm. Das hat sich inzwischen gelegt. Wenn ich heute meine linke Schulter berühre, dann fühlt es sich an wie eine Mischung aus Watte und feinen Nadelstichen.

Aber wie sagte mein Doc immer so schön zu all diesen Beschwerden: »Können Sie damit leben?«

»Ja.« Und eigentlich ganz gut.

Was uns nicht tötet

macht uns härter? Mitnichten. Das Gegenteil ist der Fall. Wenn mir früher beim Arzt Blut abgenommen wurde, habe ich an diesen Vorgang nicht einen Gedanken verschwendet. Wenn die Schwester mehrfach daneben stach, dann war das kein Problem. Konnte ja mal passieren. Am Ende meiner Krebsbehandlung brauchte jemand nur ein einziges Mal daneben zu stechen, und es war mit meiner Fassung vorbei. Sofort liefen mir die Tränen, und ich konnte nichts dagegen tun.

Jeden Tag unter Schmerzen große Mengen an zum Teil riesigen Pillen zu schlucken hatte meine ganze Disziplin erfordert. Anschließend konnte ich keine Tabletten mehr sehen. Noch heute befällt mich beim Gedanken an Tabletten ein großer Unwille. Wenn ich mal Kopfschmerzen habe, nehme ich lösliche Medikamente in flüssiger Form zu mir. Ich bin noch nicht einmal bereit, Vitaminpillen zu schlucken. Und wenn, dann nur eine am Tag.

Früher bin ich lässig in ein OP-Zimmer marschiert. Nach der Krebsbehandlung musste ich nur in die Nähe eines OP-Zimmers kommen, und es reichte eine falsche Berührung, ein falsches Wort, und ich konnte nicht mehr sprechen.

Als mir ein paar Monate nach der Strahlenbehandlung zur Sicherheit diverse Leberflecken entfernt wurden, war wieder so ein Moment. In dem Augenblick, als der Schmerz der Betäubungsspritze für die Fußsohle durch meinen Körper schoss, begann ich zu weinen. Eine aufmerksame Schwester hielt und streichelte die ganze Zeit meine Hand und wischte mir mit einem Tuch die Tränen aus dem Gesicht, die während der Operation liefen und liefen.

Viele Hände von Schwestern und Pflegern haben mich über die Jahre hinweg gestreichelt. Und jedes Mal war ich für ihre Berührung dankbar. Es waren immer die Pflegerinnen und Pfleger, die ein bisschen Menschlichkeit und Mitgefühl gezeigt haben; die auch mal Zeit für ein Lächeln und ein paar persönliche Worte gefunden haben. Und die auf diese Weise viele schwierige Situationen für mich erträglicher gemacht haben.

Selbst jetzt, fast zehn Jahre später, lassen sich die alten Gefühle, die alten Ängste spontan auslösen. Als mir vor einem halben Jahr die Gebärmutter entfernt wurde, musste ich ein Gebäude betreten, an dem in großen Buchstaben »Tumorzentrum« stand. Und sofort waren alle Gefühle wieder da. Ich betrat die Anmeldung – und konnte wieder nicht sprechen. Mindestens drei Minuten saß ich vor einem Mann, der zum Glück Erfahrung mit diesem Phänomen zu haben schien, und konzentrierte mich auf meinen Atem. Der Mann ließ mir alle Zeit der Welt ohne einen einzigen blöden Kommentar, wofür ich sehr dankbar war. Durch meine Atemübungen bekam ich meine Gefühle wieder unter Kontrolle und konnte schließlich meinen Namen nennen.

Der zweite Schock folgte, als man mich auf dem mobilen OP-Tisch des Vorbereitungsraumes festschnallte. Ich hatte wieder eine Kanüle in der Hand, und natürlich war der Einstich in die Hand wie immer schmerzhaft gewesen. Aber so weit hatte ich es noch im Griff gehabt. Jetzt wurde ich festgeschnallt, und wieder einmal kehrte sich mein Inneres nach außen. Wieder liefen mir die Tränen. Wieder fühlte ich mich ausgeliefert und entwürdigt.

Sollte ich noch mal eine OP haben, dann werde ich diesen Punkt im Vorwege klären. Ich möchte erst festgeschnallt werden, wenn die Vollnarkose bereits wirkt.

Mich immer wieder mit meinen Ängsten auseinander setzen zu müssen war sicher auch ein Grund, aus dem ich entschied, meinen Doc nicht mehr zu besuchen. Alle drei Monate hatte ich irgendwelche Kontrolltermine, bei denen ich wieder gestochen wurde, mich wieder unter Maschinen legen musste, Stunden in Wartezimmern mit den bekannten Gerüchen verbrachte. Jeder dieser Besuche war ein innerer Kampf, und jeder dieser Kontrolltermine kostete zudem eine Menge Zeit. Zeit, die ich anschließend länger in der Firma verbringen musste. Also entschied ich nach zwei Jahren, dass ich meinen Status von »nicht krank« in »gesund« ändern wollte. In einem kurzen Gespräch erklärte ich dem Doc meine Entscheidung. Ich versicherte ihm, dass ich wiederkäme, wenn ich Anzeichen eines möglichen Rückfalls hätte. Auch dieses Mal verstand mich mein Arzt.

Als ich nach diesem Gespräch die Klinik verließ, hatte ich zum ersten Mal seit langer Zeit ein Gefühl von Freiheit in mir. Mit dieser Entscheidung begann für mich ein neuer Lebensabschnitt.

Glückspillen

Drei Monate, nachdem ich die Nachfolgeuntersuchungen sozusagen gekündigt hatte, stellte ich mich der nächsten Aufgabe: Ich musste eine Gynäkologin finden. Da meine Eierstöcke zerbombt waren, hatten mir die Ärzte bereits zwei Jahre zuvor geraten, Hormone zu nehmen, damit mein Körper mit vierzig nicht zusammenfalle. Die Schlüsselworte waren immer »Herz-Kreislauf« und »Knochen« gewesen. Jetzt hatte ich Zeit und ging diese Aufgabe an.

Als Erstes versuchte ich es mit einer Gynäkologin bei mir um die Ecke. Ich schilderte ihr mein Problem, und sie antwortete: »Keine Sorge. Im Moment sind Sie ja sehr dünn. Sie müssen nur ein bisschen zunehmen, dann produzieren Ihre Eierstöcke auch wieder Östrogene.«

Hallo? Erde an Großhirn: Ist da jemand zu Hause? Ich probierte es noch einmal. Offenbar hatte ich genuschelt. »Der Befund ist eindeutig. Meine Eierstöcke können kein Östrogen produzieren. Auch wenn ich zwanzig Kilo zunehme. Meine Eierstöcke wurden durch Hochdosis-Chemotherapie und Bestrahlung zerstört!«

Aber wieder vergebens. Sie blieb bei ihrer These, und ich verließ einigermaßen verblüfft ob dieser Ignoranz die Praxis.

Nach einem weiteren Erlebnis dieser Art kam ich endlich auf die Idee, mich bei meinem Doc nach einem Spezialisten zu erkundigen. Und endlich saß ich einer Gynäkologin gegenüber, die mich verstand. Herrlich. Ihr musste ich nichts erklären, sie mir dafür aber so ziemlich alles, da ich ihr Fachlatein erst einmal decodieren musste. Am Ende war mir klar, dass es in Deutschland drei Präparate für mich gab. Zwei wurden synthetisch hergestellt und eins aus Pferdeurin. Mit einer der synthetischen Pillen ging ich nach Hause.

Vielleicht lag es daran, dass auf dem Beipackzettel als Erstes diverse erhöhte Krebsrisiken beschrieben wurden – mir wurde von der Pille übel. Nach einer Woche Übelkeit und Schwindel ließ ich mir die zweite synthetische Pille geben. – Mit demselben Resultat. Blieb also die Pferdepisse.

Und wow! Mein Leben wurde mit einem Schlag rosarot! Ich lachte nur noch, hatte eine unglaubliche Energie, und meine Kollegen wurden fast erschlagen von der Welle an Kraft und Frohsinn, die auf einmal über sie hereinbrach. Klasse. Ich rief die Gynäkologin an und teilte ihr mit, dass wir das richtige Medikament gefunden hätten.

Drei Wochen später saß ich völlig deprimiert auf meinem Sofa. Ich hatte zu nichts Lust, war nervös, leicht aggressiv und hätte die ganze Zeit heulen können.

Ein paar Tage später ging es mir wieder blendend. Ich tänzelte durchs Leben, und nichts konnte mich erschüttern. – Bis ich wieder heulend auf dem Sofa saß. Dabei hatte sich in meinem Leben nichts verändert. Warum war ich auf einmal so deprimiert? Es war der gleiche Zustand wie vier Wochen zuvor.

Und jetzt begann es mir zu dämmern. Das Medikament funktionierte nach dem Prinzip: drei Wochen Einnahme, eine Woche Pause. Diese Pause fand mein Körper deprimierend. Nach dieser Erkenntnis fragte ich sofort, ob es nicht auch eine Dauermedikamentierung gäbe. Es gab sie. Von da an hatte ich diese Depressionsschübe nur noch, wenn ich mal wieder vergaß, rechtzeitig für Nachschub zu sorgen. Spätestens seit dieser Erfahrung habe ich den Satz: »Ich denke, also bin ich« für mich in: »Ich bin, also denke ich« umgedreht.

Wenn man einmal erlebt hat, wie Medikamente das Denken und die Gefühle verändern können, fängt man auch an darüber nachzudenken, inwieweit die chemischen Bestandteile eines Menschen sein Wesen bestimmen. Seitdem ich weiß, wie bereits kleinste Mengen an Gift, Opiaten oder Hormonen mich beeinflussen, frage ich mich, welche Rolle eigentlich Erziehung, Erfahrung, bewusstes Denken und die Chemie meines Gehirns (und zwar der genetisch bedingte Teil dieser Chemie, den wir durch das, was wir essen und trinken zwar beeinflussen, aber nicht wesentlich verändern können) spielen. Früher hätte ich immer gesagt, dass mich vor allem mein bewusstes Denken bestimmt. Heute weiß ich nicht einmal mehr, ob mein Denken wirklich ein rationaler Vorgang ist.

Überraschungen

Der Mensch, der völlig unvermutet wieder in mein Leben trat, war meine alte Schulfreundin Christiane. Zwischen zehn und dreizehn waren wir unzertrennlich gewesen, hatten jahrelang in derselben Handballmannschaft gespielt. Mit dem Krebstod ihrer Mutter und der beginnenden Pubertät hatten sich unsere Wege getrennt.

Jetzt tauchte sie an meinem Bett in der Krebsklinik wieder auf. Strahlend, schön, intelligent wie immer und: Sie verstand mich. Woher auch immer – sie wusste, warum ich rauchte. Sie wusste, warum ich mich mit Dr. Z anlegte, sie wusste, warum mir ein Einzelzimmer voll mit Besuchern wichtig war. Ob es nun an unserer früheren Verbundenheit oder an den Erlebnissen mit ihrer Mutter lag – Christiane musste ich nichts erklären. Sie war einfach da, lachte und verbreitete gute Laune. Wir haben uns danach nie wieder ganz aus den Augen verloren. Auch wenn unsere Leben abgesehen von der Vergangenheit kaum eine Schnittmenge haben – jedes Mal, wenn wir uns sehen, liegt eine besondere liebevolle Verbundenheit in diesen Treffen.

Am meisten überrascht hat mich meine Mutter. Während der KMT entwickelte sie eine Größe, die ich vorher nicht in ihr gesehen hatte.

Ganz in der Nähe der KMT-Klinik befand sich ein Gebäude, in dem Eltern von Patienten unter dreißig Jahren für die Dauer der Behandlung kostengünstig wohnen konnten. Diese Einrichtung wurde von der Ronald-McDonald-Stiftung finanziert. Es handelte sich um ein sehr schönes, gepflegtes altes Backsteingebäude, das man in fünf Minuten Fußweg von meiner Station aus erreichen konnte. Dass McDonald etwas so Schönes und Sinnvolles hervorgebracht hatte, konnte ich fast nicht glauben. Zwei Tage, nachdem ich mein Zimmer bezogen hatte, nahm meine Mutter in diesem Haus Quartier. Und lief von diesem Moment an zu voller Größe auf.

Sie hatte einfach alles im Griff. Das Ronald-McDonald-Haus, die Station und vor allem ihre Gefühle. In der Zeit meiner schlimmsten Qual war meine Mutter einfach da. Sie ertrug mein Aussehen, meinen Gestank, meine Launen, mein Gejammer, meinen Aufstand gegen die Ärzte. Aber dieses Ertragen hatte nichts Passives – sie gestaltete es. Jeden Tag verbrachte sie viele Stunden mit mir. Sie schaute mit mir Filme, hielt einfach meine Hand und schwieg oder erzählte von den vielen kleinen Erlebnissen des Alltags.

Mir war völlig egal, was sie erzählte. Mir war nur wichtig, eine Stimme zu hören, die mit mir sprach. Es war das erste Mal, dass ich – sogar gerne – minutenlang zuhörte, wenn meine Mutter über Topfpflanzen redete. Und wenn sie mein Zimmer verließ, dann sprach sie mit den Ärzten oder dem Pflegepersonal, half im Ronald-McDonald-Haus oder kümmerte sich um andere betroffene Eltern.

Trotzdem war sie für meine Schwester da und ging mit meinem Vater zwischendurch einen neuen Anzug kaufen. Sie strahlte in dieser Zeit eine ungeheure Kraft aus. Vermutlich die Art von Kraft, die Mütter angeblich dazu befähigt, ein Auto hochzuheben, wenn ihr Kind darunter liegt. Bis heute habe ich großen Respekt vor dieser Leistung.

Mein Vater überraschte uns alle. Indem er nach einem Jahr übernatürlicher Anstrengung zusammenbrach. Mein Vater ist ein alter Seemann: niemals krank und immer gut gelaunt. Zumindest nach außen hin. Dieses Jahr muss sein absoluter Albtraum gewesen sein: Die erste Tochter krank, die Ehefrau leidend unter dieser Krankheit, die zweite Tochter fährt gegen einen Baum. Und mein Vater war ständig für alle da. Nach der Firma fuhr er immer in die Klinik. Da meiner Mutter meine Krankheit zu Beginn sehr zu schaffen machte, war es sein Job, sie aufzuheitern und Optimismus zu verbreiten. Als meine Schwester gegen den Baum fuhr, war er sofort zur Stelle.

Meine Mutter redete über ihre Gefühle. Ich glaube, mein Vater tat es nicht. Er riss sich ein Bein aus, um uns allen zu helfen. Und als es uns wieder gut ging, klappte er zusammen und wurde ins Krankenhaus eingeliefert. Mein Vater, der bis zu diesem Moment in vierzig Berufsjahren nur zwei Tage in der Firma gefehlt hatte. Zum Glück nötigten ihn die Ärzte, ein paar Tage in der Klinik zu bleiben. So hatte er zumindest eine Woche Zeit, sich von diesem Jahr zu erholen.

Die letzte große Überraschung für mich war ein Besuch bei unserer ehemaligen Torfrau Katja. Katja hatte mit 14 Jahren beschlossen, einen Tierarzt zu heiraten. Und jetzt war sie frisch in einen Tierarzt verliebt. Katja besaß Dinge – ein Klavier, eine Kutsche, ein Pferd. Nichts, was sich leicht transportieren und umpflanzen ließ. Katja war glücklich, weil sie diese Dinge besaß. Ich hatte komplizierten Besitz immer abgelehnt, weil ich frei und unabhängig sein wollte. Jetzt ging ich durch Katjas Wohnung, betrachtete ihr Leben und verspürte fast so etwas wie Neid. Zum ersten Mal wollte auch ich etwas besitzen. Der Besuch bei ihr war der Auslöser, dass ich mir nach zwanzig Jahren meinen Wunsch nach einem Klavier erfüllte. Zum ersten Mal empfand ich Besitz nicht als Einschränkung meiner Mobilität, sondern freute mich über diesen Klotz am Bein.

Wer informiert wen?

Für mich gab es darauf nur eine Antwort: Meine Ärzte informieren mich – und ansonsten niemanden. Und wenn, dann nach Absprache mit mir.

Da *ich* krank war, war es für mich selbstverständlich, dass auch ich diejenige sein würde, die alle erforderlichen Informationen erhielt. Die Vorstellung, dass Ärzte Dritte besser über meinen Zustand informieren als mich selbst, hätte ich als unerträglich empfunden. Da mir aber Fälle bekannt waren, in denen Ärzte den Lebenspartner oder die Eltern besser informiert hatten als den Patienten, stellte ich diesen Punkt bei jedem neuen Arzt sofort klar. Und ich hatte über den ganzen Zeitraum meiner Behandlung auch nie das Gefühl, dass sich ein Arzt eventuell nicht an diese Absprache hielt.

Was mich allerdings grundsätzlich ärgerte war, wenn mir Ärzte ihren Bericht an den Kollegen in einem verschlossenen Briefumschlag überreichten. Der Inhalt dieses Briefes ging mich schließlich etwas an! Ich hatte nie das Gefühl, das Postgeheimnis zu verletzen, wenn ich diese Briefe öffnete und las. Ich fand, dass dieses Vorgehen der Ärzte meine Rechte als Patientin verletzte. Eine Kopie des Schreibens zu meinen Händen war doch nicht zu viel verlangt. Mein

Doc schmunzelte immer, wenn ich ihm die aufgerissenen Briefumschläge überreichte.

Genauso selbstverständlich war es für mich, dass ich in jeder Klinik alle paar Tage meine Krankenakte las. Wenngleich ich mein Fremdwörterlexikon bei diesen Gelegenheiten sehr vermisst habe.

Natürlich kann es auch zu heiklen Situationen kommen, wenn man sich selbst informiert, da man dabei durchaus auf die eine oder andere wenig erbauliche Information stoßen kann.

Zu Beginn meiner Erkrankung ging ich in die Staatsbibliothek, um mich über meine Krankheit zu informieren. Ich stieß auf eine 1978 veröffentlichte Doktorarbeit, die sich mit der Prognose von Morbus-Hodgkin-Patienten beschäftigte. Und in dieser Studie waren alle Patienten mit dem Eingangsstadium 4b spätestens nach fünf Jahren tot. Das baut doch auf! Aber ich wusste, dass es damals noch kein Neupogen gegeben hatte, so dass deutlich größere Abstände zwischen den einzelnen Chemotherapien eingehalten werden mussten, damit die Patienten wieder ausreichend weiße Blutkörper bilden konnten – kostbare Zeit, die natürlich auch die Tumore weiter wachsen ließ. Es bestand also berechtigte Hoffnung. Ich verstaute diese Studie und erzählte keinem meiner Lieben etwas davon.

Bis heute bedaure ich, dass ich den Beipackzettel von Neupogen nicht aufgehoben habe. Natürlich vertraute ich dem Medikament. Es war schließlich meine einzige Chance. Aber der Beipackzettel war ein Knaller: zehn Zentimeter breit, sechzig Zentimeter lang – in winzigen Buchstaben auf beiden Seiten beschriftet.

Und von den vielleicht zweihundert Zeilen bezog sich genau eine auf die Wirkung, der Rest waren Nebenwirkungen. So einen Zettel habe ich weder zuvor noch danach je gesehen.

Der schwierigste Moment war jedoch, als ich ein Jahr nach meiner Krankheit einen »Arztbrief über Frau Marion Knaths« öffnete, der die KMT-Klinik über mein augenblickliches Befinden informieren sollte. Und neben all den vielen Risiken, die dort für meine Zukunft aufgeführt waren, stand: »... und (dass) etwa zehn Jahre nach Therapie mit dem vermehrten Auftreten solider Zweittumore zu rechnen ist.«

Mein Hals zog sich zusammen. Minutenlang saß ich zitternd in der Krankenhauskantine und starrte auf diesen Satz. Zehn Jahre! Erst elf Jahre nach der Therapie würde ich jetzt das Gefühl haben, dass mich der Hodgkin wirklich nicht gekriegt hat. Diese Information brannte sich in mich hinein. Das zehnte Jahr wird das vielleicht entscheidende Jahr werden. Zehn Jahre sind eine lange Zeit, um sich gedanklich auf den Feind vorzubereiten.

Die Rückkehr

»Wieso nicht Musikwissenschaften?«

»Glaub es mir einfach. Egal welches Studium. Jemand wie du wird an der Uni verrückt. Du hast keine Vorstellung, wie viel Zeit man verplempert, weil man auf das richtige Buch wartet oder mit hirnlosen Schwaflern zusammen in einer Projektgruppe sitzt. Das ist komplett anders, als du es an der privaten Akademie erlebt hast.«

»Und wieso nicht Greenpeace?«

»Honey – wolltest du nicht immer unabhängig sein und Geld verdienen? Die Idee ist ja ganz nett. Aber mit deiner Historie stellt dich erstens niemand ein, und zweitens verdient man da nichts. Zumindest nicht im Vergleich zu einem Wirtschaftsunternehmen. – Warum reist du nicht einfach erst einmal um die Welt?«

»Weil ich demnächst kein Geld mehr von der Krankenkasse bekomme und weil ich außerdem keine Lust habe, allein zu sein. Ich glaube auch nicht, dass meine Ärzte diese Idee vernünftig fänden. Immerhin muss ich noch dauernd zu Untersuchungen in die Klinik. Ich hätte auch, ehrlich gesagt, Schiss davor, dass mir im Ausland etwas passiert und ich dort zu einem Arzt müsste.«

Das Gespräch mit meiner Freundin verlief wie schon einige Gespräche zuvor. Ich spürte die Erwartung der anderen, mit meinem neuen Leben etwas deutlich anderes anstellen zu müssen als mit meinem bisherigen. Aber egal, an was ich auch dachte, es lief immer wieder auf meinen alten Job hinaus. Er hatte mir einfach gefallen.

Zeitgleich saß mir die Krankenkasse im Nacken. In Kürze würde ich kein Geld mehr erhalten, und eine Rente nur für zwei Monate war von der BfA nicht vorgesehen. Entweder zwei Jahre oder nichts. Noch zwei weitere Jahre nicht zu arbeiten erschien mir ein stark übertriebener Zeitraum. Zudem hätte ich von der Rente noch nicht einmal eine eigene Wohnung bezahlen können. Ich entschied mich daher, zum gegebenen Zeitpunkt wieder in meiner alten Abteilung anzufangen, auch wenn ich eindeutig noch nicht fit genug war.

Als ich das Gebäude betrat, in dem ich ab jetzt wieder arbeiten sollte, durchflutete ein fast vergessenes Gefühl meinen Körper: Alle Muskeln spannten sich, und mein Kopf schaltete auf Leistung! Ich blieb stehen und strahlte. Wie sehr ich dieses Gefühl von erwartungsfreudiger Anspannung vermisst hatte, wurde mir erst in diesem Augenblick klar. Beschwingt ging ich die Treppen hinauf und prallte fast zurück, als ich meinen Bereich betrat: Ein Meer von Sonnenblumen leuchtete mir entgegen. Alle Kolleginnen und Kollegen hatten ein Begrüßungsspalier gebildet, hielten eine Sonnenblume in der Hand und lachten mich an. Ich blieb wie angenagelt stehen und konnte es gar nicht fassen. Ich hatte mir über meinen Empfang keine Gedanken gemacht. Und selbst wenn ich mir welche gemacht hätte: Auf so eine schöne Idee wäre ich nie gekommen.

Nachdem ich unzählige Hände geschüttelt und die Blumen in Wassereimern versorgt hatte, ging ich zu meinem alten Schreibtisch. – Und da lagen sie: all die Arbeiten, die vor eineinhalb Jahren so wichtig und dringlich gewesen waren. Unberührt. Ich zog die Schublade auf: Selbst die Kekse hatten die ganze Zeit vor sich hingeschimmelt. So wichtig konnten meine damaligen Arbeitsaufträge ja nicht gewesen sein, wenn sich noch nicht einmal jemand die Mühe gemacht hatte, die Unterlagen durchzusehen. Ich richtete meinen Blick wieder in den Bereich, freute mich über die freundlichen Gesichter und beschloss, dass ab jetzt nur noch ich entscheiden würde, was wichtig und dringlich ist.

Und jetzt?

Zu Anfang sagte ich, dass die letzten sieben Jahre die schönsten meines bisherigen Lebens waren. Jetzt sind es acht. Ich habe durch das zehnte Jahr hindurchgelächelt. Dazu habe ich losgelassen – einen hoch dotierten Job, Verantwortung und Macht. Ich hatte das Gefühl, dass ich keinen Widerstand leisten darf, sondern lächelnd alle eventuellen Attacken auf meine Gesundheit durch mich hindurchfließen lassen muss. Dass diese Attacken keine Kanten finden dürfen, an denen sie sich festhaken können. Ich habe geschrieben, mit sanften Methoden wieder meine Büromuskeln in Form gebracht, angefangen, Schlagzeug zu lernen und eine CD aufgenommen. Und so viel gelacht wie vermutlich nie zuvor. Und es hat sich kein Hodgkin festgehakt.

Das Verblüffende ist, dass meine Angst vor dem zehnten Jahr zwar mein Leben noch einmal gravierend verändert, sich die große innere Sicherheit mit dem Überleben des zehnten Jahres aber nicht eingestellt hat. Vielleicht überrascht dies Außenstehende weniger als mich. Ich hatte es mir irgendwie so vorgestellt. Oder vielleicht auch nur erhofft.

Wenn mir eins noch einmal klar geworden ist, dann die Tatsache, wie sehr ich mit dem Bewusstsein lebe, dass morgen alles vorbei sein kann. Und dass mein Körper auch weiterhin immer wieder Angstschübe für mich bereithält. Aber um noch einmal meinen Doc zu zitieren: »Können Sie damit leben?«

»Ja.« Und eigentlich ganz gut auf dem Weg, immer gelassener und glücklicher zu werden.